第一王子ミカエル

The New
Life!

ノエル

剣聖ラッシュフォード
ルーク

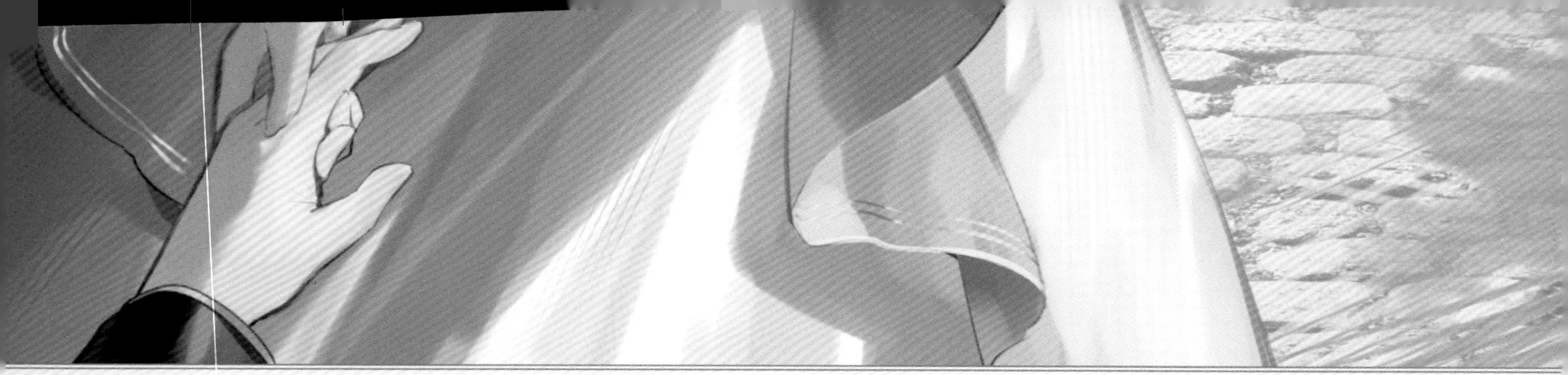

illustration: necömi

ブラック魔道具師ギルドを追放された

# 私、王宮魔術師として拾われる

ブラック魔道具師ギルドを追放された

# 私、王宮魔術師として拾われる

～ホワイトな宮廷で、幸せな新生活を始めます！～

Ⅱ

葉月秋水

Illustration：necömi

PERSONS

ノエル・スプリングフィールド

小柄な新人の王宮魔術師。
平民出身。
頑張り屋さんで、魔法大好き!

ルーク・ヴァルトシュタイン

最年少の聖金級《アダマンタイト》魔術師。
名門公爵家の生まれ。
幼い頃から神童と呼ばれていた。

ガウェイン・スターク

ノエルたちの上司で、三番隊隊長。
大ざっぱな性格だが、
聖宝級《メイガス》魔術師の一人。

レティシア・リゼッタストーン

女性の魔術師で、
三番隊副隊長。
ガウェインを助けている。

ミカエル・アーデンフェルド

王国の第一王子。
天才的な頭脳の持ち主。

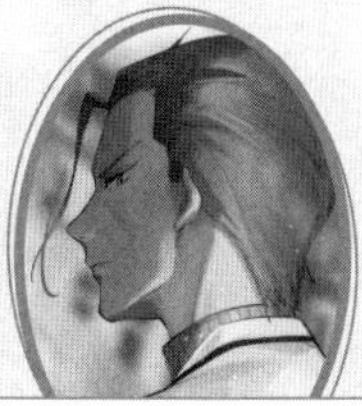

剣聖　エリック・ラッシュフォード

王立騎士団団長。
七百戦無敗を誇る、王国最強の剣士。

# 前巻のあらすじ

「ノエル・スプリングフィールド。役立たずのお前はうちの工房にいらない。クビだ」

名門魔術学院を卒業後、体調を崩した母を看病すべく故郷の魔道具師ギルドに就職したノエル。

母は無事元気になったものの、ギルド長の偏見と嫌がらせのせいで職場での待遇は悪化する一方。

遂には、解雇されてしまうことに。


「生きるって大変だなぁ……」


途方に暮れつつ仕事を探すノエルに声をかけたのは、学院時代の友人ルークだった。

ルークは王宮魔術師として歴代最速で聖金級《アダマンタイト》魔術師まで昇格。

今や有名人の彼は、ノエルを相棒《バディ》に指名したい、と告げる。


「この国で一番の魔法使いになるために、僕が勝てなかった君の力を貸してほしい」


ルークの相棒として王宮に入ったノエルだが、頭の固いご老人もいて……

彼女はそんな逆境を、魔力測定の壁を壊し、《血の60秒》に合格し、皇妃様を救い、ついには飛竜種とも戦って⁉

才能と努力、仲間との絆、「魔法が好き！」という思いで乗り越えてゆく！

平民出身で魔法大好きなノエルと、大貴族の次期当主のルーク。

二人の若き天才が、王国に新たな風を巻き起こす！

そんなノエルの家の前に、突然、飛竜がやってきてしまい⁉

CONTENTS



The New Magic Life!

――どうかしてるってわかってる。

# プロローグ　二枚の紙片

アーデンフェルド王国。

西方大陸でも指折りの魔法先進国として知られるこの国の王宮魔術師団本部は、大王宮の東側に位置している。

弓状のファサードを持つ五階建ての建物は、宮廷建築家カルロ・グランディーバによってエンパイアスタイルで設計されたもの。純白の壁に壮麗な塔。庭園の芝生はみずみずしく青く、真朱の花々が一面に咲き誇っていた。

「報告書、読ませてもらったわ」

凜《りん》と澄んだ声が部屋に響く。決して大きな声ではない。しかし、不思議なほどよく通る声だった。

思わず意識を向けずにはいられないその響きを作っているのは彼女自身の聡明さだろう。

王宮魔術師団、三番隊副隊長――レティシア・リゼッタストーン。

女性として三人目の聖金《アダマンタイト》級魔術師であり、隊長を務めるガウェイン・スタークの補佐役として実務上の指揮を執る魔法使い。

対して、視線の先にいる銀髪の魔法使いは感情のないサファイアブルーの目を彼女に向けた。

「何か不足している部分がありましたか？」

王宮魔術師団、三番隊第三席――ルーク・ヴァルトシュタイン。

歴代最年少で聖金《アダマンタイト》級に昇格し、その機械のような冷静さから冷血《コールドブラッド》と呼ばれた稀代《きだい》の天才。

「完璧よ。嫌味に思えるくらい」

レティシアは報告書を一瞥《いちべつ》してから続ける。

「小隊の指揮を第五師団副長に任せて、単騎で飛竜種の下へ向かった判断も高く評価されている。被害を最小限に食い止めるための勇敢な判断だった、と」

「ありがとうございます」

「ただ、私はひとつだけ事実と異なる部分があると思ってる」

ルークは顔を上げる。

瞳の蒼玉がレティシアを捉える。

「ありませんよ。誓ってすべて事実です」

「貴方《あなた》はそう言うでしょうね。いいのよ。それを責めたいわけじゃない。ただ上官として事実の確認をしておきたいだけ」

レティシアは彼を真っ直ぐに見返して続けた。

「貴方。仕事としてじゃなく、あの子を守るために飛竜種の下へ向かったでしょう」

部屋に沈黙が降りる。

長い沈黙だった。

【遮音】の付与魔法がかけられた壁に囲まれた部屋の中は、海の底のように静かだった。

ルーク・ヴァルトシュタインは感情のない目を窓の外に向ける。

「もしそれが事実なら僕を罰しますか？」

「いいえ。ただ、私は個人的に貴方を心配してる。危なっかしいのよ、貴方」

レティシアは言う。

「他のどんなものより優先したい大切なものがあるのは素敵なこと。でも、貴方はあまりにもそこに入れ込みすぎている。何より、あの子の幸せが自分の願いと言う、その綺麗すぎる言葉が私は気に入らない」

「別に気に入られたいと思ってませんけど」

「危ういって言ってるの。あの子の幸せが貴方を苦しめる可能性がある。それを貴方は理解していない」

「してますよ。ちゃんとわかってます」

「あの子が他の誰かと結婚することになっても？」

瞳が揺れた。

一瞬言葉に詰まってから、ルーク・ヴァルトシュタインは言う。

「それがノエルの幸せなら」

「そんな顔で言われても、全然説得力ないから」

深く息を吐いてレティシアは言う。

「綺麗な言葉で自分に酔うのもいいわ。でも、自分ではない誰かに貴方の幸福を委ねるのは間違ってる。貴方は貴方の幸せのために行動すべきなの。じゃないと、絶対にいつか痛い目を見ることになる」

言葉に詰まるルーク。

レティシアは二枚の紙片を差しだす。

「王都で開催される歌劇のチケット。付き合いでもらったけど私は行かないから貴方にあげるわ」

真剣な目で続けた。

「貴方は、貴方の幸せのために行動するべきよ」

レティシアが出て行った後、残されたその場所で彼は立ち尽くす。

埃《ほこり》が落ちる音さえ聞こえそうな静かな部屋。

手元に残った二枚のチケットを見つめる。

ずっとずっと、そうしている。

レティシア・リゼッタストーンの言葉は、目を背けていた不都合な事実をルークに突きつけるものだった。
彼自身、自らの抱える危うさは理解している。
好きで。
ずっとずっと好きで。
計算高い自分の得意なやり方で、一緒にいられる状況を作った。
あまり褒《ほ》められたやり方ではなかったかもしれない。
それでも、傍《そば》にいたかった。
瞳に映る姿。
どこにいてもすぐに見つけられる、自分にとっては特別な声。
既に自分は十分すぎるくらいに幸せで。
『絶対置いて行かれてなんてやらない！　覚悟しときなさいな！』
対等な存在として隣にいようとしてくれる。
それがどんなにうれしいか。
ずっとこのままでもいいのにな、とさえ思うくらいで。
しかし、人生の先輩である上官は、もっと自分の幸せのために行動しろと言う。
『あの子が他の誰かと結婚することになっても？』
そんな可能性、とっくの昔から気づいていていて。

祝福しないといけないと知っていて。
彼女が幸せならそれでいいと思っていたはずなのに。
それでも、うまく答えられなくて。
自分は欲深い人間なのだろう。
ずっと隣にいてほしいと思っている。
彼女の幸せを願いながら、本当はどこかで誰のものにもならないでほしいと。
そんな風に思ってしまっている自分がいる。
（終わりなんて、いつ来るかわからないというのに）
思いだされるのは、数日前の飛竜種騒ぎ。
魔力切れを起こし倒れていたその姿に、息ができなくなった。
頭の中が真っ白になって。
それからのことはよく覚えていない。
必死で。
無我夢中で。
町の診療所に運び込んで、ただ回復するのを祈っていた。
決して深刻な状態じゃないと伝えられても、まったく安心なんてできなくて。
もし目を覚まさなかったらと気が気じゃなくて。

『あの子はこれくらいでどうこうなるほど柔《やわ》じゃない。大丈夫よ。だから貴方も何か食べて』

誰よりも心配であるはずの彼女のお母さんにそう諭《さと》されてしまった。

大人になったつもりで。

大抵のことはうまくこなせると思っていたのに。

まさか自分にここまで弱い部分があるとは。

情けない。

心からそう思わずにはいられない。

『それより、聞いて！　私、飛竜種と戦ったんだよ。特級遺物のせいで暴れさせられてるんだって見抜いて、町を守ったの！』

だからこそ、目覚めた彼女の弾んだ声に、救われたような気持ちになったのだけど。

思いだしてルークは微笑《ほほえ》む。それから、手元のチケットに視線を落とす。

先輩は言った。

踏み出せ。

手を伸ばせ、と。

いいのだろうか。

自分は名家の次期当主として、衆目を集める立場にある。

平民との結婚なんてとても許されないし、恋仲になっただけでも何を言われるかわからない。

根も葉もない噂が飛び交い、傷つけてしまうこともあるだろう。

彼女が望んでくれるなら、どんなことでもする。

誰に何を言われようが知ったことではないし、地位も立場もよろこんで捨てられる。

だけど、望んでないのに自分のわがままで巻き込んで良いのだろうか。

それは本当に、大切な相手に対する正しい行いなのだろうか。

答えは出なかった。

それでも、翌日彼女の家に向かったのは、心の中に浮かんだひとつの思いゆえのことだった。

彼女と二人で――デートがしたい。

考えれば考えるほどその思いは強くなった。

許されないと思っていたけれど、デートに誘うくらいならいいのではないか。

そもそも、自分と彼女は友達の間柄。

二人で出かけてもまったく問題ない関係性にある。

そうだ。

先輩からチケットをもらったので、友達と遊びに行くだけ。

何もおかしなところはない。

完璧な計画だ。

不審に思われる要素なんてどこにもない。

そう気づいてからはもう、考えることを止められなかった。

二人並んで王都をぶらぶらして、洋服店を巡ったり、ジェラートを食べたり。

それはちょっと、幸せすぎるのではないだろうか。

（より精度の高い計画を立てる必要がある。最善最良のプランを構築しなければ）

考えに考えた翌日、寝不足の目をこすりながらルークは彼女の家に向かった。

自身が紹介した、小さいながらも小綺麗な貸家。

心臓がうるさい。

深呼吸して落ち着かせる。

（落ち着け。あくまで友達として。自然に、普通に）

心の中で唱える。

いつもの注意力と冷静さを欠いていた彼は気づかなかった。

そこにいる巨大な存在を隠していた隠蔽魔法に。

「……………………え？」

言葉を失い、呆然と立ち尽くす。

そこにあったのは山のように巨大な黒い影。

飛竜種――西方大陸最強の生物種である黒竜と、白目を剝《む》いてそれを見上げる間抜け顔の想い人。

敵対しているのかと思いきや、そういうわけでもないらしい。

どうやら、竜は恩返しに来た様子。

何かあれば飛び出せるよう準備しつつも、どこかでその必要性がないことに気づいていた。

塀の裏に隠れて彼は深く息を吐く。

苦笑することしかできなかった。

本当に君は、僕の想像なんて簡単に超えてくるんだから。

# 第1章　ドラゴンさんと初めての技能研修

空を覆う大きな影。

光を反射する美しい鱗。

大樹のような手足に、剣先のように鋭い翼。

目の前に現れた、雄々しく幻想的な漆黒の巨竜。

玄関の扉を開けたらそこにあった、我が目を疑う光景に、どのくらいの間頭を抱えていただろう。

お、落ち着け。

冷静にひとつずつ状況を整理するんだ。

どうやら、このドラゴンさんは私に恩返しに来てくれたらしい。

昔話で時々見かけるパターンのやつだ。

動物や魔物が恩返しに何かしてくれる系統のお話。

ドラゴンさんは、家の前の空き地にすっぽり収まっている。

ちょうどよく降りられるところがあってよかったなと思ってから、この状況における大問題に気づいた。

飛竜種は西方大陸最強の生物種だ。都市を灰燼《かいじん》に変えた例もある災害級の存在。

……これ、事情を知らない人からすると王都崩壊の危機なのでは。

王宮魔術師団と王立騎士団が総動員で討伐に来る案件！　大惨事！

「あの！　恩返しに来てくれたのはうれしいんですけど、早く逃げないと」

見上げて言った私に、ドラゴンさんは首をかしげる。

――なぜだ？　どうして我が逃げねばならぬ。

その響きは私が知る声とは違う鳴り方をしていた。

鼓膜よりもっと近い。

頭の中に直接響いているんだ、と気づく。

極一部の魔物が使える念話という会話の方式。

「ドラゴンさんが現れたとなると、みんなパニックになっちゃうと思うので。王都を守ろうと攻撃してくる人もいると思いますし」

――人の子が束になったところで我の敵ではない。向かってくるならすべてを灰に変えるまで。

「変えないで!?」

王国史に残る大事件確定である。

恩返しに来てくれた結果が大規模戦闘とか、お互いにとって悲しすぎる！

平和を愛する一市民として、なんとしてもこの危機を未然に食い止めなければ……！

「戦いは何も生みません！　平和に！　平和にいきましょう！」

必死になって言う私に、ドラゴンさんは言った。

──ふむ。恩人である其方《そなた》が言うならそうしよう。

落ち着いた様子で続ける。

──問題ない。周囲に隠蔽魔法を張ってある。極めて近い距離でなければ我の姿は捉えられん。

「あ、そうなんですね」

たしかに、言われてみればこんなに大きなドラゴンさんがいるのに周囲では騒ぎになっている様子がない。

そもそも、姿が見えていればここに着く前の段階で見つかって戦闘始まってそうだしな。

飛竜種が目撃例の少ない伝説の生き物なのも、この隠蔽魔法ゆえのことなのだろう。

ほっとする私の耳に届いたのは、買い物袋が地面に落ちる音だった。

「……………へ？」

そこに立っていたのはお母さん。

ちょうど帰ってきたところだったのだろう。

隠蔽魔法が機能しない距離に入ってきてしまったのだ。

ドラゴンさんを見上げて凍りついたように立ち尽くす。

身体がふらふらと揺れ、立ちくらみを起こしたように崩れ落ちた。
「お母さん!?」
あわてて抱き留める。
ショックのあまり気絶してしまったらしい。
そりゃそうだよな。
買い物から帰ったら突然目の前にドラゴンがいたんだもの。
「ごめんね、驚かせちゃって」
申し訳ない気持ちになりつつ、お母さんを部屋の中へ抱えていく。
寝室のベッドに寝かせて、心拍数と呼吸に異常が無いことを確認。
念のため、回復魔法をかけてから、ドラゴンさんの下へ戻る。
降ってきたのは、戸惑った様子の声だった。
――怯《おび》えさせてしまったか。すまない。
見上げる。
はるか頭上から見下ろすその目には、申し訳なさそうな色がある。
――なるべく驚かせないよう、人の世の文化に則《のっと》って訪問したのだが。
配慮してくれていたらしい。
たしかに、ドアベルを鳴らして玄関で待っててくれてたもんな。

ドラゴンさんは肩を落とす。

大きな身体も心なしか小さく見える。

「いえいえ、そのお気持ちすごくありがたいです。来てくださってうれしいです」

ドラゴンさんは私を見て、大きな瞳をぱちぱちさせた。

――そうか？　それなら良いが。

ほっとした様子で息を吐くドラゴンさん。

大木のような腕で、差し出したのは小さな銀色の何かだった。

これは……笛の魔道具？

両手で受け取った私は思わず目を見開く。

魔晶石の単結晶をくりぬいて作られた小さな銀色の笛。

そこに刻まれた魔法式のなんと美しく綺麗なこと。

深層で見つかる迷宮遺物に使われている古代アルメリア魔術言語に似た構造の魔法式だと思うけど、ここまで質の高いものは見たことがない。

いったいどうすればこんな魔法式が描けるんだろう。

見入る私を現実に引き戻したのは頭上からの声だった。

――我のことを忘れてないか？

「あ、ごめんなさい。つい夢中に」

——小さき者は本当に魔法が好きらしい。

ドラゴンさんは苦笑して言う。

——これは我が保有する財宝のひとつだ。吹けば転移魔法陣が起動する《移送の呼び笛》。我を召喚できるよう設定してある。

「へ……？」

……いや、それって私のような駆け出し魔法使いが持っていいものでは絶対にないと思われるのですけど。

吹けばドラゴンさんを召喚できるってそんな簡単に呼び出せていいものじゃないんだよ！

現れた時点で王国史に残る大事件確定なんだよ！

ただ、それを言うとこの時点でもう王国史に残る大事件なんだけどね。うん……。

処理能力をはるかに超える状況。

白目を剝いて立ち尽くす私に、ドラゴンさんは言った。

——いつでも呼んでくれていい。我が其方の望みを叶えると約束する。

羽ばたき。

強烈な突風に目を閉じる。

見上げたときにはもう、巨竜の姿は消えていた。

隠蔽魔法の効果だろう。

誰に見られることもない、自由な空に戻ったのだ。

まるですべて夢だったんじゃないかと思うくらいにいつも通りの玄関前の景色。

しかし手の中の小さな呼び笛は、たしかにそれが現実だったことを示していた。

「なにやってんの、君」

揺れる銀色の髪。蒼の瞳。

やれやれ、とあきれた風に息を吐きつつ近づいてきたのは親友。

どうやらたまたま出くわして、事の次第を見ていたらしい。

呆然と空を見上げて私は言った。

「私もわかんない……」


「とにかく、このことは誰にも言わないように。僕も見なかったことにするから」

ルークの提案に、私はうなずいた。

王都に飛竜種が現れたとなると、事情を知らない人からすると間違いなく王都崩壊の危機。

討伐隊が結成されて、王国史に残る大遠征が始まる可能性もある。

そんなことになれば恩返しに来てくれたドラゴンさんにも、王国のみなさんにとっても不幸な展開であることは間違いない。

何より、事の発端である私は、責任を問われて処罰されてしまう可能性があるのではなかろうか。

『ノエル・スプリングフィールド、死刑！』
『いやあああああああああ――――――！』
嫌だ！
嫌すぎる！
結論として、私は都合の悪い事実から目をそらすことにした。
何もなかったことにしよう。
大人として働く上では、ずるいくらいがちょうどいい場合もあるのです、ええ。
問題になりませんように、と神様にお祈りする。
ふと気づいた。
「そういえば、ルークはなんでここに？」
今日は週末でお互いお休みのはず。
何か急ぎの用件でもあったんだろうか？
「え？　いや、それはなんというか……」
サファイアブルーの瞳が揺れる。
別人みたいに力ない声。
ルークは戸惑った様子で視線を彷徨《さまよ》わせてから、言った。
「………………なんでもない」

いや、絶対何かあるよね、その感じ。
さらに、私は気づいていた。
ルークが後ろ手に何か隠し持っていることを。
ははーん。
さては、その隠してるものに関連した何かだな。
聡明な大人の女性である私には、ばっちりお見通し！
その秘密、まるっと暴いてやるぜ！
「ねえねえ、なになに？」
ルークの顔を覗き込んで言うと、
「だからなんでもないって」
逃げるように目をそらして言う。
夕焼けに照らされて、ほんのり赤く染まった顔。
どうやら、何か恥ずかしい系な事柄の様子。
気になる……ますます気になるぞ……！
フェイントをかけつつステップを踏んで回り込み、後ろ手のそれを覗き見ようとする。
しかし、すぐに反転されて隠されてしまった。
「ごめん、用事思いだしたから」

「え？　あ、ちょっと」

逃げるように去って行ってしまう。

一人取り残された家の前で私は首をかしげた。

「なんだあいつ？」

◇　◇　◇

逃げ込んだ路地の中。

背中を壁に預けて、ルーク・ヴァルトシュタインは顔を俯《うつむ》ける。

隠し通した二枚のチケット。

視線を落として、深く息を吐いた。

「なにやってんだろうな、僕……」

◇　◇　◇

「ねえ、ノエル。玄関の前で、貴方がドラゴンと話しているのを見た気がするんだけど……」

目が覚めて困惑した声で言うお母さんに、私は言った。

「何それ？　夢でも見てたんじゃない？」

「そ、そうよね！　よかった。やけにリアルな夢だったのよ。お母さんもうびっくりしちゃって」

事態の隠蔽に成功して、見えない角度でぐっと拳を握る。

ドラゴンさんの訪問から全力で目をそらし、なかったことにして私は日常に戻った。

いただいた呼び笛は自室の洋服棚、一番下の引き出しに隠してある。

お母さんがうっかり吹いちゃったりしたら、大惨事だしね。

小さい頃からずっと使っている秘密の箱。

昔うっかり書いた恥ずかしいポエムの隣に厳重に封印した。

絶対に見つかってはならない。

王都も大変だけどそれ以上に私が生きていけなくなってしまう。

『ねえ、ノエル。これ貴方が書いたの？　この、『ボクは夜に似ている』ってポエムなんだけど』

『やめてえええええええ――――！』

ボーイッシュな感じに憧れて自分のことをボクって言ってるあたりが死にたい逸品。

かっこいいと思っていたのです。昔はね……。

思わぬ過去からの攻撃にくらくらしつつも、一人の社会人女子として王宮でのお仕事に励《はげ》む日々。

「お前、白銀級《シルバー》に昇格な」

ガウェインさんに言われたのはそんなある日のことだった。

狂化状態の飛竜種から町を守ったのが評価されてのことだと言う。

手当が付いてお給料が上がるとのこと。

その上、ガウェインさんから個人褒賞までもらえてしまった。

ありがたい……ありがたすぎるよ、ホワイト労働環境！

「つ、次はもう少しゆっくり昇格してもいいからな？」

そう言いながら封筒をくれるガウェインさんの声は少しふるえていた。

きっと部下の私が早く成長してうれしいんだろう。

よし、次ももらえるようがんばらなきゃ！

意気込んでから、ひとつ気になることがあるのを思いだす。

それは、負けたくないライバルであり親友のこと。

「もしかして、これって歴代最速だったりします？」

王宮魔術師として第五位の階級、白銀級《シルバー》。

全部で十階級ある王宮魔術師団の中でもなんと上半分に入ってしまう階級だ。

しかも、千人近い王宮魔術師の中でも、人数的には上位百人以内に位置することになる。

むふふ、私もしかして結構すごいのでは……？

さすがのあいつも、この早さなら——

期待に胸を弾ませて聞いた私に、ガウェインさんは言った。

「歴代二位だな。一週間差で二位」

「薄々気づいてましたけど、ルークってどうかしてますよね」

「みんなお前も同じくらいどうかしてると思ってるけどな」

ガウェインさんはあきれ顔で言う。

「とはいえ、短期間での昇格自体は過去にもいくつか例がある。王宮魔術師団は身分や年齢よりも実力を重んじる組織だ。図抜《ずぬ》けた実力者が短期間で白銀《シルバー》まで昇格した例は過去にもいくつかあるし、聖宝級《メイガス》になるような連中は大体そういう道を辿る」

「ガウェインさんも昇格早かったんですか？」

「当時の記録は更新した。とはいえ、王宮魔術師団も昔は貴族主義や年功序列の空気が残っていたからな。風通しが良くなるにつれ、昇格がしやすくなる部分もあるから記録が更新されていくのも自然なことではあるんだ。俺が先輩たちより優れているわけじゃない。むしろ上の世代の人たちの方が優れてると俺は思ってるよ」

なるほど、早さがそのまま実力というわけではなく、その時代の空気や状況も昇格速度には影響するものらしい。

考えてみると、私もたまたま昇格につながるような仕事に恵まれたのが大きかったもんな。

調子に乗らず、謙虚に地道にがんばっていかなくちゃ。

「とはいえ、上に行くにはここからが大変なんだがな」

「そうなんですか？」

「黄金《ゴールド》、聖銀《ミスリル》、そして聖金《アダマンタイト》への昇格はそれまでに比べてずっとハードルが高いんだよ。ルークのやつもここからは結構かかってるしな」

「たしかに、言われてみれば」

ルークが聖金《アダマンタイト》級に昇格するまでには二年半以上かかっている。

それでも最年少記録だし、王国中で話題になるようなすごいことだけど。

でも、ここまでの早さを考えると、その難しさを感じずにはいられない。

「大事なのは焦らないことだ。時間のかかる時期は誰にでもあるし、焦って自分を見失えば泥沼にはまる。ゆっくりで良い。少しずつで良い。昨日の自分より一歩でいいから前に進めるように取り組んでいくのが最良だと俺は思ってる。あとは、自分に厳しくしすぎないことだな」

「え？　でも自分に厳しい方がいいんじゃないんですか？」

ストイックに自分を追い込んで取り組んだ方が成果も出るような気がするのだけど。

見上げる私に、ガウェインさんは言った。

「厳しいのは良いことだが、危険な部分も含み持っている。厳しすぎるのは最悪だ。続かないし、必ずいつかその代償を払うことになる。一番強いのは楽しめるやつだ。楽しんで継続できるやつは、結果的に人より多く積み上げることができるんだよ」

「楽しんでいいんですか？　仕事なのに？」

「お前は誰よりも楽しんでるように見えるが」

ぎくり。

私は固まってから、あわてて言う。

「い、いや、真面目にやってるんですよ。でも、魔法は好きなのでやっぱり楽しくなっちゃうところはあるというか」

「いいんだよ。楽しんでそれでいい。その気持ちがお前を良い魔法使いにしてるんだと俺は思ってる」

ガウェインさんはにっと笑って言った。

「何より、一度きりの人生なんだ。仕事だって前向きに楽しみながらやる方が絶対いいだろ？」

楽しんでいいんだ。

その言葉を私は大切に受け止めた。

他の何よりも大好きだった魔法。

憧れだった王宮魔術師。

思いきり楽しんで、楽しみ抜いて、
もっともっと優秀な魔法使いになって、あいつをびっくりさせてやる！

よし、やってやるぞ！

意気込みを新たに、張り切ってお仕事に励む私だった。

「魔法技能研修？」

そんなある日のお昼休み。

王都の定食屋で一番コスパの良いチャレンジメニューを完食し、気持ちよく王宮魔術師団本部に帰った私はレティシアさんに呼び止められた。

「そう。外部から講師を招いての研修があるのだけど、貴方はどうしたいか希望を聞きたくて」

希望者が受講できる研修についてのお話だった。

王宮魔術師としてのスキルを磨くために、定期的に行われているものらしい。

「内容が専門的で高度だし、実務上すぐに役立つというわけでもないから出ない人も多いけどね。ただ、興味があるなら受けてみたら得るものもあるんじゃないかしら」

長時間の座学。

しかも難解ということで、どうやらあまり人気のある研修ではない様子。

「どういう内容なんですか？」

「王立魔法大学の教授で、昨年ウェルナー賞を受賞したフリードリッヒ・ロス先生による授業ね。内容は魔法式構造学。反安定魔法式における楕円曲線と複素解析的函数の講義なんだけど」

「めちゃくちゃ受けてみたいですそれっ！」

前のめりになって言う私に、レティシアさんは首を傾ける。

「そんなに興味あるの？　これに？」

「魔法式構造学大好きなんです。ルークを最初にぶっ倒したのもこの分野のテストで。何より、出てくる用語が知的でかっこいいじゃないですか！　『ゴールドバッハの未定乗数法』とか、『ガスシユミットの最終定理』とか、聞いているだけで頭が良くなってる感じがするというか」

「貴方、ほんと変わってる」

くすりと笑って言うレティシアさん。

「そういうところ素敵だと思うわ」

やさしい。

学生時代は「あいつにやにやしながら勉強してる。変人だ。変人チビ女だ」とか馬鹿にされることもあって、そのたびにスーパー魔法パンチ（物理）のシャドーボクシングでびびらせて黙らせていたのだけど。

普通の人と違う変わったところも素敵だって言ってくれて。

私もそういう人になりたいな。

変なところもいいよね。素敵だねって言える人に。

やっぱり大人だなぁ、かっこいいなぁと思っていた私に、レティシアさんは言った。

「ところで、これは仕事には関係ない話なのだけど」

プライベートのお話！

いつも忙しくお仕事されてるレティシアさんなので、こういうのは結構珍しい。

仲良くなれたかも、とうれしくなりつつ答える。

「はい。なんですか？」

「貴方……王都の歌劇って興味ある？」

「歌劇……？」

オペラとかミュージカルとかそういうやつだよね。

上流階級の瀟洒《しょうしゃ》なお芸術という感じで、庶民の私にはよくわからない世界のイメージだ。

そう伝えると、

「新しい世界を見るのも良いと思うわよ。機会があったら行ってみた方がいいんじゃないかしら」

とのこと。

正直あまり興味は無かったけど、レティシアさんが言うなら行ってみようかな。

行ってみると意外と面白いかもしれないし。

ともあれ、楽しみすぎて一日九時間しか眠れない日々を過ごして迎えた研修の日。

大学の先生の授業ってどんな感じなんだろう？

聞いているだけで頭がよくなっちゃいそうだ。

わくわくしながら研修室の扉を開け、空いている席に着く。

聞こえてきたのは、先輩たちの話し声だった。

「見たか？　あの意味不明な去年の資料」

「王立魔法大学でも一番難解な講義として有名らしいな」

「その上、王宮魔術師よりも自分の方が上だということを示すために、研修ではさらに難しくわかりづらい講義をしてるらしい。答えられない姿を見て楽しんでるんだと」

「鼻持ちならない野郎だ。俺が全問正解してぶっ倒してやる」

「みんな、安心しろ。俺はこの日のために一年かけて準備をしてきた。対策は万全だ」

………………え？

そ、そんなに難しいの？

先輩たちの言葉に、私は血の気が引いていくのを感じる。

面白そうってだけで何も考えずに参加しちゃったけど、考えてみると私、大学レベルの授業なんて受けたことがない。

王立魔法大学は王国でも最難関の最高学府。

その中でも一番難しい授業をする先生が、意地悪でさらに難しい授業をするだなんて……。

これ、絶対ついていけないやつでは……。

頭を抱える私の耳に届いたのは、他部署の先輩たちの声だった。

「おい、あれノエル・スプリングフィールドだぞ」

「各地で目覚ましい活躍を見せ、入団間もなくして白銀級《シルバー》まで昇格した怪物新人がどうして」

「教授の悪行を聞いて、救世主として来てくれたんだ」

「なんと心強い……勝てる、これなら教授に勝てるぞ……！」

な、なんか期待されてる!?

いけない。

がっかりされる前に、誤解を解かないと。

「あ、あの、私――」

「いい。俺が説明する」

言ってくれたのは近くに座っていた先輩だった。

普段からよくしてくれている同じ三番隊の先輩。

「みんなが見てる中で他部署の先輩相手に説明するの大変だろ。大丈夫。お前の気持ちは俺がちゃんとわかってるから」

「先輩……！」

なんて良い人なんだ！

よかった、助かった。

ほっと息を吐く私の視線の先で、先輩は言った。

「みんな、うちの後輩が任せてくれって言ってる！　気負う必要は無いぞ！　最悪俺らが何もできなくでも、うちのノエルがなんとかしてくれる！」

「先輩!?」

違うよ！

一ミリもあってないよ！

戸惑う私を余所《よそ》に、盛り上がる研修室。

「頼んだぜ、怪物新人！」

「お願い、ノエルさん！　意地悪教授をぶっ飛ばしちゃって！」

ど、どうしようこれ……。

先輩たちの歓声を聞きながら、頭を抱える私だった。


研修開始時刻の一分前に入ってきたフリードリッヒ・ロス教授は、大柄で風格ある壮年の男性だった。

三人の助手が手際よく資料を配っていく。

例題の解答として描かれた魔法式。

そのあまりの難解さに私は戦慄した。

なにこの恐ろしく高度で複雑な内容。

「なんだ、これ……」

「おい、今年やべえぞ。去年よりはるかにえぐい」

「バカな……一年かけて準備したのに……」
周囲から聞こえるささやき声。
先輩たちも同じことを感じたらしい。
「大丈夫だ。俺たちはダメでも、うちのノエルがなんとかしてくれる」
「そうだ！　頼んだぜ、救世主！」
小声で声をかけてくる先輩たちに、胃が痛くなりつつ、授業を聞く。
しかし、びっくりするくらい何も頭に入ってこない。
期待されてるのに。
応えたいのに、まるで手も足も出なくて。
大好きなはずの魔法式が今は、知らない国の言葉みたい。
全然わかんない！
もうダメだ！
ごめんなさい先輩、私これ無理です！
心が折れそうになったそのとき、頭をよぎったのは学生時代の記憶だった。
魔術学院の三年生だった頃、私は初めて壁にぶつかった。
元々苦手な科目だった付与魔法学の試験。
授業についていけなくて。

何をどうしていいか全然わからなくて、途方に暮れて。

追い詰められた私は、最後の手段として、大嫌いだったあいつに声をかけたんだ。

『ごめん、あんたにだけは絶対に聞きたくないと思ってたけどどうしてもわからないところがあって』

あいつは面倒そうにしながらも先生よりわかりやすく教えてくれた。

『お前、時間をかけず一度に解こうとしてるだろ』

中でも、強く印象に残っているのが、わからないときの対処法。

『問題を切り分けて考えろ。地道にひとつずつわかることを整理していけ。そうすれば、どんな難問でも必ず正解に近づける』

落ち着け。

深呼吸して心を落ち着かせる。

問題を切り分けて、丁寧に。

わかることからゆっくり、ひとつずつ。

簡単にはいかない。

やっぱり難しくて、理解できなくて。

だけどあきらめず問題に向き合う。

どれくらい時間が経っただろう。

糸口が見えたのはほんのささやかなきっかけからだった。

――あれ？　これってもしかして。

よく見るとこの第二補助式の部分、私の得意分野。

《固有時間加速《スペルブースト》》でいつも使ってる魔法式だ。

この魔法式なら、目を閉じていても描けるくらい何度も描いてきた。

積み上げた量と理解度なら、誰にも負けないはず。

少しずつ何を問われているのかわかってくる。

知らない異国の言葉が、知っているそれに変わり始める。

「――できました」

手を上げた私を、教授は怪訝《けげん》そうな目で見つめた。

助手さんの一人が近づいてきて言う。

「少し見せてもらえますか？」

私のノートを持って、教授のところへ。

教卓の前で何やら話し合いが始まる。

数分後、戻ってきた助手さんは言った。

「魔法式として題意を満たしているとのことです」

「やった！」

小さく拳を握る私。

「よくやった！　さすが救世主！」

「ノエルさん、かっこいい！」

小声で言ってくれる先輩たちに頬をゆるめる。

隣で、同じ隊の先輩が言った。

「ふふふ、そうでしょう。すごいんすよ、うちの後輩」

いや、あなたは何もしてないですからね。

お調子者の先輩に白い目を向けつつ、次の問題へ向かう。

「次も頼んだぜ、エース！」

そんなうれしいことを言ってくれるので、

「任せてください！　みんなで正解して、教授をびっくりさせてやりましょう！」

すっかりエース気分で答える私。

研修はいつの間にか、教授対王宮魔術師のチーム戦みたいになっていた。

◆　◆　◆

王立魔法大学教授、フリードリッヒ・ロス。

王国魔法界の最先端で活躍し、生活のすべてを捧《ささ》げて魔法技術の発展に尽力してきた彼は、強いこだわりを持った人間としても知られていた。

好ましいと話すものは三つだけ。

魔法と猫と優秀な研究者。

代わりに、うんと多くのものを嫌っていた。

貴族社会、商人、犬、出版社、人参……。

嫌っているものの数は、砂漠の砂の数より多いと言われている。

自らも貴族でありながら、体制と権力を嫌っていることでも知られていた。

あるとき貴族制を批判した彼に、記者が言った。

「では、貴方は貴族よりも平民を好ましく思っているということですか？」

対して、彼はつまらなげに言った。

「平民？　同じくらい嫌いだね」

優秀な研究者以外すべての人間を平等に嫌っている彼。

中でも、特に嫌っているのが王宮魔術師だった。

体制に飼い慣らされた犬であり、魔法使いの風上にも置けない存在。

そう公言してはばからないフリードリッヒだったが、意外にも王宮魔術師団の上層部からの評判はよかった。

滅多なことが無い限り、面と向かってそんな風に言われることのない彼らなので、歯に衣着《きぬき》せぬ物言いのフリードリッヒは面白い存在として受け止められているらしい。

一部の例外を除く皆を平等に嫌っているのもいいのだろう。

分け隔て無く人に接する人間は、好感を持たれるものだ。

彼の場合は、その接し方が少し問題だが。

結果、嫌っているにもかかわらず、研修に来いと王宮に招かれる。

そしてフリードリッヒはこの研修を、体《てい》の良い憂《う》さ晴らしの機会として利用していた。

嫌がらせとして難解な問題を出し、王宮魔術師たちが苦しむ姿を楽しむ。

研修としての受講者の評判はすこぶる悪いが、何故か受講者の数は毎年少しずつ増えていた。

どうやら、一度屈辱を味わった受講者たちが、来年こそはやり返してやろうと意気込んで向かって来ているらしい。

いいだろう。叩きつぶしてやる。

こうして、次第に講義のレベルは上がり、今や大学の同僚ですら容易には答えられない領域に達しているのだが、フリードリッヒにとってはどうでもいいことだ。

元々嫌いな相手なのだから、彼らがどうなろうと知ったことではない。

目の前の難題を前に、絶句する王宮魔術師たち。

その姿に、フリードリッヒは満足する。

王国の犬など、所詮はその程度。

自らの無力さを思い知るが良い。

「──できました」

そのとき、手を上げたのは一人の魔法使いだった。

何を言ってるんだこいつは、と冷ややかな目を向ける。

子供にしか見えない小柄な彼女。

問題を前に白目を剝く、誰よりもアホそうな姿をフリードリッヒは見ていた。

今回の問題は魔法式構造学を専門とする研究者でも容易には解けない難問揃い。

こんな短時間で解けるはずがない。

助手が彼女のノートを持ってくる。

冷めた目で一瞥したフリードリッヒは息を吞んだ。

そこに描かれていたのはあまりにも荒削りで既存の理論とはまったく異なる魔法式。

しかし、フリードリッヒが用意していた解答とはまるで違うアプローチで、たしかに題意を満たす魔法式として成立している。

(どうやってこんな魔法式を……)

すべてが理論的に構築されたフリードリッヒの魔法式とはまったく違う。

途方もない量の魔法式を描き続け、地獄のような反復と洗練を重ねなければたどり着けない非効率の果てにある極致。

（いや、ありえない。あの若さでそれだけの量を繰り返すなどとてもできるわけが）

垣間見《かいまみ》えたのは、生活のすべてを研究に捧げているフリードリッヒでもぞっとするほどの量。

時間を加速させ続けなければ生存できない地獄にでもいなければ、そんなことできるわけがない。

しかし、その後も彼女は用意した難題を解き続けた。

研究者たちが作り上げてきた現代魔法理論とは違う方法で。

（まさか、本当に……）

ありえないと否定した可能性。

しかし、第一人者として誰よりも魔法式に向き合ってきたフリードリッヒだからこそわかる。

目の前の魔法式は、たしかにそれが真実だと彼に伝えている。

（いったいどれだけの魔法式を描き続ければ……）

言葉を失うフリードリッヒ。

子供にしか見えない小柄な姿。

しかし、尋常な魔法使いとはまったく次元が違う。

そこにいたのは――

加速した時間の中で途方もない量を積み上げ続けてできあがった、計り知ることさえ叶わない怪物だった。

◇　◇　◇

フリードリッヒ教授の授業は本当に難しかったけど、今日の内容に一番得意な《固有時間加速《スペルブースト》》で使っている魔法式構造が含まれていたのが幸運だった。

つまずきそうになりながらも、なんとか半分くらいは理解することができたんじゃないかと思う。

あまりに難しすぎて、最後は我流の解き方で強行突破するしかなかったのだけど。

「いいぞノエル！　さすがうちのエース！」

「見たか意地悪教授！　これが王宮魔術師の力だ！」

「やれー！　ぶっ倒せー！」

小声で盛り上がる先輩たち。

ただ、題意を満たす魔法式という意味では正解みたいだけど、実は細かい構造とか全然違うんだよね……。

高等魔法学校までしか出てない私の我流だから、大学の先生からするとめちゃくちゃなこと書いちゃってるかも。

いやいや、怖がっちゃダメだ。

とにかく、落ち着いて自分の力を出し切ること。

研修の中で八割の問題に正解した私は、受講者の中で一位の正解率を記録。

先輩たちにちやほやされてほくほく顔だったのだけど、研修後の助手さんの言葉で状況は一変した。

「先生が少しお話ししたいと言っています」

「…………」

怒られるやつだ、これ。

「魔法式として題意は満たしていたかもしれない。でも、君の魔法式構造は最低だったよ」とか嫌味言われるパターンだ。

怯えつつ、売られる子牛みたいな気持ちで教授の下へ向かう。

「お連れしました、先生」

助手さんの言葉に、フリードリッヒ・ロス教授は何も答えなかった。

聞こえなかったかのように視線を手元の本に落としている。

それから、不愉快そうに顔を上げ、私を見つめた。

身体を貫く鋭い視線。

品定めしているような、観察しているような、そんな目だった。

空白のように静かで、刃物のように冷たい。

そんな表情だった。

「私は君たち王宮魔術師が嫌いだ」

教授は淡々と言った。

「権力に飼われている魔法使いなど同じ空気を吸っているだけで虫唾《むしず》が走る。消えて欲しいと心から思っているよ。講義を受けていた全員が嫌いだし、もちろん君のことも嫌いだ」

うう……なんかめちゃくちゃ嫌われてる……。

でもそれ偏見だと思いますよ先生！

王宮魔術師のみなさんは良い人ばかりで、職場の雰囲気もすごくいいわけで。

これは先輩たちの名誉のためにも抗議しなければ。

言葉を準備する私に、フリードリッヒ教授は続ける。

「君の魔法式もそうだ。何から何まで現代魔法研究から逸脱しているし、真っ当な魔法式とはとても言えない。君のそれを見て、魔法式として根本から間違っていると言う研究者も多くいるだろう。正常な感覚だ。君の魔法式はあまりにも常識的な規則から外れすぎている」

ぐ……魔法式のこととなると、否定できない。

完全に我流だもんね。

やっぱり大学の先生的には怒られちゃう感じか。

深く息を吐く私に、フリードリッヒ教授は言った。

「だが間違いなく君にしか描けない魔法式だった。何も変えなくていい。君が今後も私や他の研究者たちに忌み嫌われる魔法式を描いてくれることを期待している」

——あれ？

これって、もしかして……。

呆然と見上げた私に、教授は言った。

「そのまま君らしく励みなさい」

かけられた言葉が信じられなくて立ち尽くす。

多分、褒めてくれたんだよね。

何も変えなくていい。

私のやり方でやっていいんだ。

それは高等魔法学校を出てからずっと独学で魔法の勉強をしてきた私にとって、すごく勇気をもらえる言葉だった。

否定されることもあるかもしれない。

だからこそ、わざわざ呼んでくれたんだろう。

みんなにこんなの魔法式として間違ってると言われるような状況になっても、くじけずに自分の道を進めるように。

伝えてくれた言葉を心の中で反復する。

初めて受けた研修は、思っていたよりもずっと多くのものをくれる素敵な時間だった。

◆　◆　◆

クラレス教国。

女神クラレスが遣わされたとされる聖女を中心とするこの国は、情報戦に長《た》けた国として裏社会では知られていた。

知るはずのない遠隔地の情報をどの国よりも早く摑《つか》み、最善の行動を選択する。

それを可能としているのが、西方大陸中に派遣された密偵だ。

ライリー・グレアムもそんな密偵の一人だった。

十七の顔と名前を持つ彼は、麻薬密売組織への潜入任務を終え、人知れずアーデンフェルド王国に入国した。

目的は王国西部辺境で起きた飛竜種騒ぎの調査。

その詳細な情報を持ち帰ること。

任務を遂行するために西部辺境の町を訪れた彼は、飛竜種騒ぎについての情報を集め始めた。

まず手に入れたのは、飛竜種との戦闘に参加した冒険者たちの情報。

名簿を入手した彼は、そこに並ぶ一線級の冒険者たちの名前を興味深く見つめた。

（よく短期間でこれだけの面々を）

冒険者ギルドに優秀な人間がいるのだろう。
Sランクのライセンスを持つ者も三名。
その中には、王国西部最強と名高い冒険者、レイヴン・アルバーンの名前もある。
怪物に対して、組合にできる最大級の警戒態勢。
しかし、問題は相手が飛竜種であることだった。
西方大陸最強の生物種。
山脈を消し飛ばし、都市を灰燼に帰すという人間の理《ことわり》を超えた存在。
少なく見積もっても脅威度10以上の災害指定。
その上、今回現れた飛竜種は狂化状態だったという話もある。
いくら優秀な冒険者たちとは言え、これだけの人数で撃退できる相手とは思えない。
そんな考えは、戦いが行われた森を調査してさらに強くなった。
(まさか、ここまでとは……)
経験豊富なライリーでさえ絶句する常軌を逸した戦いの痕。
大地を裂いた大穴。えぐり取られた木々の残骸。
やはり、冒険者たちだけで対処できる相手だとは思えない。
(魔術砲火の跡……王宮魔術師団)
現場に残る痕跡《こんせき》から彼は推測する。

西部に遠征に出ていた王宮魔術師団が事態の収拾にあたったというのは事実だったのだろう。

規模を推測するに、おそらく戦略級の魔術砲火。

王国が誇る王宮魔術師。

選び抜かれた精鋭たちが数百人単位で戦闘に参加していたとすれば、飛竜種を撃退できたのもうなずける。

（王国は飛竜種の襲来を予期していた、か）

未来を見通していたかのような対応に感心しつつ、ライリーは戦闘に参加していた冒険者への聞き取りを開始した。

王国の冒険者資格と身分証は持っている。

ここ数年国を離れていたAランク冒険者に偽装して行動を開始した彼は、見事な手際で戦いに参加していた冒険者たちに近づいた。

「飛竜種騒ぎか。あれはやばかったよ。レイヴンさんがやられてからはもう、まるで歯が立たなくてさ。次元が違うっていうのはこういうことかって思い知った」

苦笑する冒険者の男に、

「レイヴン・アルバーンがやられた、って……」

ライリーは息を呑む。

「じゃあ、誰が飛竜種を？」

「王宮魔術師の嬢ちゃんだよ。いろいろ活躍してると噂のノエル・スプリングフィールドって魔法使いさ」

「あの、噂の……」

その王宮魔術師のことはライリーも王国を調査する中で知っていた。

入団してすぐに《緋薔薇の舞踏会》での暗殺未遂事件で活躍。

魔法薬研究班と《薄霧の森》での遠征でも成果を出し、歴代最速に迫るペースで昇格を重ねているという凄腕の魔法使い。

「その彼女が、参加した他の王宮魔術師と共に飛竜種を撃退した、と」

情報を整理しつつ言ったライリーに、冒険者の男は首を振った。

「どうもみんなそう勘違いしてるみたいだけどさ。事実は違うんだぜ」

「違う？」

「他の王宮魔術師が駆けつけたのは戦いが終わってからだ。彼女は一人で飛竜種を迎え撃った」

「一人……？」

言葉の意味がライリーはうまく捉えられない。

「一人であれだけの魔術砲火を放ち飛竜種を食い止めたと。そう言ってるのか？」

「それだけじゃねえ。周囲に被害が及ばないよう誘導し、撃退して竜の山に追い返した」

「冗談だろ。狂化状態の飛竜種だぞ」

「そう思いたいなら思えばいい。でも事実だ」

冒険者の男は言う。

「俺が知る魔法使いとはまるで次元が違う。あの嬢ちゃんは間違いなく歴史に名を残す偉大な存在になるよ。これから、もっといろいろあるだろうね」

ライリーは何も言えなかった。

狂化状態の飛竜種を一人で……。

そんなことが人間に可能なのか？

現場で目撃した戦略級の魔術砲火。

途方もない量の魔法陣の痕跡。

そのすべてを一人で行っていることになる。

ありえないと一蹴していいはずの可能性。

しかし、目の前の男が嘘を言っているようには思えない。

常軌を逸した魔力量と魔法式展開速度。

ライリーはそこにいた規格外の存在を想像し、息を呑んだ。

（メルクリウス様の予想は正しかった。とんでもない何かがこの国で動き始めている）

# 第2章　歌劇場デートと犯罪組織

日が落ちた後。

薄暗い自室の中。

ルーク・ヴァルトシュタインは深く息を吐く。

「なんで言えないかな……」

渡せずにいる歌劇のチケット。

断られるのが怖いというわけじゃない。

ただ、改めてこういうことをするのはどうにも照れくさいというか。

（いや、違う）

ルークは顔を俯ける。

（恐れてるんだ。もし彼女との関係が変わってしまったら……。友人として隣にいられなくなったらどうしようって）

他の何よりも大切なたったひとつ。

だからこそ、怖い。
傍にいられる今の関係を失いたくないと思ってしまう。
ずっとこのままの方がいいんじゃないかって。
臆病な自分が顔を覗かせる。
（変わらないな、僕も）
自嘲気味に笑って戸棚の奥から取り出したのはひとつの箱。
中で眠っているラッピングされた小包をなつかしく見つめる。
それは魔術学院生だった頃、彼女のために用意した誕生日プレゼント。
今年こそは渡すと気合いを入れて準備して、結局渡せなかった失敗の記録。
痛くて、ほろ苦くて、でも少しだけ心地よい。
そんな思い出の小包たち。
箱の中に入っていたものは他にもあった。
彼女のことを考えているうちにうっかり書いた自作の詩。
彼女のためにコンサートをする場合を想定して作った曲のリスト。
同じ苗字になった彼女の名前を書いた跡を見て、ルークはあわててノートを閉じる。
（なにやってんだ、昔の僕……）
大分痛々しいことをやっていたらしい。

（それだけ好きだったってことか）

その気持ちは今もまったく変わっていない。

むしろ、今の方がもっと強くなったと思う。

（もう一歩……もう一歩だけ踏み出してみよう）

公爵家嫡男の立場である自分に、想いを伝えることは許されなくて。

それでも、隣にいたい。

近くでもっと彼女を知りたい。


「これ、先輩からもらったんだけど行ってみない？」


あくまで友人として。

変な意味が出ないよう細心の注意を払いつつ言葉にする。

「レティシアさんが言ってたやつ！　行ってみようかなって思ってたんだよね。やるじゃん、ルーク！」

ばんばんと肩を叩かれる。

鈍感な彼女は拍子抜けするほどあっさりうなずいてくれた。

（本当に、ノエルとデートできるなんて）


夢にまで見た機会。

期待に胸は弾む。

持てる力のすべてを注ぎ込んで最良のデートプランを作成した。

落ち着かない日々が過ぎていく。前日はうまく眠れなくて、寝不足で。

そのくせ、待ち合わせの一時間前に着いてしまった自分の舞い上がりぶりに、冷静になってため息をつく。

（少し時間を潰すか）

待ち合わせ場所の噴水が見える喫茶店。

ロイヤルミルクティーを注文する。

睡眠不足の目を閉じて休んでいると、誰かが近づいてきて向かいに座った。

「さすがです、ルークさん。我々が総力を挙げて掴んだ裏取引の情報を独力で入手するとは」

言ったのは王宮魔術師団の同僚である黄金級《ゴールド》魔術師だった。

二番隊——魔法不適切使用取締局。王国内における魔法による犯罪行為を取り締まる王宮魔術師団の特務機関。通称〝取締局〟。《白銀の魔術師》、クリス・シャーロックが長を務めるこの組織は、王国の魔法関連法を執行する二番隊でも花形とされる組織になる。

私服であるところを見るに、おそらく潜入調査の類《たぐ》いだろう。

「何のこと？」

「とぼけなくても大丈夫ですよ。協力していただけてとても心強いです。班長は手柄を横取りされるのを警戒してるみたいなので、あくまで偶然居合わせた部外者として中に潜入してもらいたいですが」

「いや、僕は個人的な用事でここにいるだけなんだけど」

話がかみ合わない。

同僚は周囲をうかがい、懐《ふところ》から小さな砂時計を取り出してテーブルに置く。

「いいでしょう。こちらの情報も聞いておきたいわけですね。わかりました」

魔法不適切使用取締局で使われている、盗聴を防止する4級遺物。

細かく砕かれた魔晶石の粉。

砂時計の中で、蒼く光を放つそれが細い筋を作って落ちていく。

「歌劇場で禁忌指定された魔導書の闇取引が行われるという情報はルークさんも摑んでいると思います。なぜ歌劇場なのかは我々もわかりません。が、取引を主導する組織のアジトが近くにあるのではないかと局長は睨んでいるみたいです」

なんでよりによって歌劇場でそんなことを……。

レティシアがそのつもりで歌劇場のチケットを渡したのかと一瞬勘ぐったルークだったが、取締局が総力を挙げて摑んだ情報だ。おそらく偶然だろう。

普段の自分なら好機と捉えるところだが、今日は事情が違う。

念願のノエルとのデートなのだ。

他部署の仕事に巻き込まれて邪魔されるのは勘弁してほしい。

「絶対手伝わないからね」

「そうですね。表向きはそのスタンスでお願いします。それでは」

背を向け去って行く同僚。

その背中を見送りながらルークは決意する。

絶対に関わらないことにしよう。

今日はオフなのだ。

こういう緊急時の場合、後から出勤扱いにして代休を取ることもできるが、仕事よりも自分にとってはノエルの方が大切。

しかし、彼のそんな思いは予想外の形で裏切られることになる。

「ルークルーク！　取締局の人からすごい情報を教えてもらっちゃった。魔導書の闇取引だって。わくわくが止まらないよっ！」

「…………」

くそ、取締局の連中余計なこと言いやがって……！

待ち合わせ場所に現れたノエルの弾んだ声に、ルークは頭を抱える。

念願の初デート。

取締局の連中にも闇取引にも、絶対に邪魔されてたまるか。

穏やかな日常の中、ルーク・ヴァルトシュタインの戦いが始まった。


テアトロ・アーデンフェルドは王国で最も大きな歌劇場として知られている。

今回の公演は、周辺国でも有名な国民的劇作家による作品。

竜殺しの英雄を描いた叙事詩を元にした大作ということで、劇場前はチケットを求めるたくさんの人で賑《にぎ》わっていた。

「むむ、見えない……」

数回背伸びしてから悔しげに言った彼女にくすりと笑うと、「あ！　今バカにしたでしょ」とむっとした顔で言う。

「してないしてない。ただ、微笑ましいなって」

「もう、子供扱いして」

睨んでくる彼女が可笑《おか》しい。

子供扱いなんてしたこと一度もないよ。

そう伝えたらどんな顔をするんだろう。

できないことを想像して微笑んでから、咳払《せきばら》いして気持ちを落ち着ける。

ここ数日、研究に研究を重ねて考えてきた渾身のデートプラン。

計画を実行に移すための最初のフェイズ。

――開演時間まで少しあるし、何か食べない？

食べるのが大好きな彼女のことだ。

絶対に食いついてくるのは間違いない。

近くに、今王都で話題のジェラートのお店があることも把握済み。

この時間は一時的に客足が弱まることまで下調べは済んでいる。

しかし、そこまで研究と準備をしてきたのに、肝心の言葉が出てこないのはなぜなのか。

（何してる。バカか。しっかりしろ、僕……！）

「か、開演時間まで少しあるし、何か食べない？」

喉の奥の言葉を引っ張り出して形にした。

声が少し上ずったが、なんとか平静は装えたはずだ。

そらしていた視線を彼女に戻す。

反応はどうだろう？

「……………いない」

はぐれてしまったらしい。

人混みにさらわれたのだろうか？

さっきから全然移動してないのに、と困惑しつつ視線を巡らせる。

少しして、人の群れをかきわけて戻ってきた彼女は、両手に食べ物を抱えていた。

「おいしそうだったから買って来ちゃった」

「離れるのはいいけど一言言って。びっくりするから」

「ごめんごめん」

近くの屋台で買ってきたらしい。

唐揚げ串が二つとポテトの黒胡椒揚げ。

どうやら、僕の分も買ってきてくれたらしい。

「ありがとう。お金出すよ」

「いや、あげないよ。全部私のだよ」

「…………」

なんだ、こいつ。

「ルークは朝ごはん食べてきてるかなって。間食しない人だし、いらないと思ったんだけど」

「朝食べてなかったんだ。珍しい」

「私？　食べてきたよ？」

「あ、うん。なるほど」

「でも、揚げ物は別腹だからさ」

彼女は鼻歌を歌いながら言う。

「ああ、揚げたての唐揚げ！　あなたはどうしてそんなにおいしいのっ！」

噛みしめるように食べて、頬をゆるめる彼女。

幸せそうなその姿に、ため息をつく。

予定通りにいかなくて、なのにその笑顔ひとつで全部許せてしまうのだから、本当にずるい。

「あ！　私あれ食べたいな！　クラーケンのイカ焼き！」

「………まだ食べるの」

「イカ焼きは別腹なんだって。ほらほら、行こうルーク」

「待って。また見失うから」

身軽にすいすいと人混みをかき分ける彼女の背中をあわてて追う。

「あー、またはぐれちゃったらいけないもんね」

うなずいてから彼女は僕の手をつかんだ。

「まったく。大きい身体してお子様なんだから」

いや、お子様なのは勝手にいなくなる君の方だから。

そんな抗議の言葉は言えなかった。

僕の手を引く彼女の小さな手。

あたたかい感触。
二人で歩いているこの状況が、思っていたよりもうれしくて。
考えてきたデートプランは全然うまくいかない。
好き勝手自由に振り回されてばかり。
なのに想像していたより、ずっと楽しくて。
もっと傍にいたいと思ってしまうのだから、
やっぱり、君は本当にずるい。

◇　◇　◇

開演までの時間、ルークと歌劇場近くのお店を回って食べ歩きをした。

唐揚げもポテトもイカ焼きも本当においしくて。

お腹いっぱい幸せな気分で街を歩く。

「あのお店とかどう？　ちょっと入ってみない？」

ルークが言ったのは、王都で今人気の洋服店。

どんな感じなのか興味もあったけど、しかし私は路地の奥にある小さなお店に吸い寄せられていた。

「私はあそこ見たいな！　というか見てくる！」

華やかな表通りの裏手にあるそのお店は、古書店だった。

香ばしい本の香りに目を細める。

洞窟のように仄暗い店内。

天窓から差し込む光に塵が反射して瞬く。

魔導書コーナーの充実ぶりに、私は胸の高鳴りを抑えられなかった。

すごい！　面白そうな本がいっぱい！

人気が無く絶版になってしまった本を主として扱っているのだろう。

おお！　これ面白そう！

この魔法使いさん、あまり評価されてないみたいでタダ同然で売られている著書も多いんだけど、私は大好きなんだよね。

今の流行とはまったく違うけど、魔法が好きという気持ちがすごく伝わってくるというか。

これは買い、と！

それからこれと、あっちの本も――

手を伸ばそうとした私の視線の先で、綺麗な細い指が書棚から私の取りたかった本を抜いた。

「お求めはこれ？」

「おお、正解。気が利く友を持って私はうれしいぞ」

ルークが取ってくれた本を受け取る。
初老の店主さんに会計をしてもらった。
合計三冊。予定外の出費だったけど、がんばった自分へのご褒美ってことで。
紙袋を抱えて頬をゆるめつつ古書店の外に出る。
ルークはどこだろう、と辺りを見回していると、
「あの、よかったらお茶でも」
お店の前でルークが女の子に声をかけられていた。
わっ、積極的……！
突然のラブストーリーに、ロマンス小説愛好家の私は胸の高鳴りを抑えられない。
かわいいし、着てる服もおしゃれで素敵な感じ。
ありだな！
ねえねえ、お嬢さん！　こんな仕事バカより私とお茶しようよ！
「悪いけど大事な用があるから」
だけど、ルークはあっさり断ってから、
「行こうか」
と私の隣に並んだ。
改めて良いやつだよなぁ、と思う。

いつも友達である私のことを優先してくれるんだ、この人は。

古書店なんて興味ないだろうに、付き合ってついてきてくれて。

飛竜種騒ぎのときも、誰よりも早く駆けつけて来てくれた。

何より、地方の魔道具師ギルドを解雇されて行き場が無かった私を見つけてくれて、拾い上げてくれて。

ただの友達をここまで大切にしてくれる。

私なんかよりずっと人間ができていると思わずにいられない。

本当に、私はルークからたくさんのものをもらっていて、
だからこそ、思うんだ。

私もルークの力になりたいって。

『ノエルさん。知っているかもしれませんが実は歌劇場で魔導書の闇取引が――』

ルークが夢である王国一の魔法使いに近づけるように。

親友であり、ライバルとして、
頼りになるでしょって隣で胸を張れる私でいるために。

それに、魔導書の闇取引を阻止するって冒険小説みたいでなんだかわくわくするしね！

この事件、私がばっちり解決してやるんだから。

ルークの隣で歌劇場へ向かう。

私は密かにそう決意している。

◇　◇　◇

歌劇場のきらびやかなエントランス。

並んで中へ入っていく二人を、離れたところから追う二つの影。

「おいおい、良いねえ。良い感じだねえ」

瞳を輝かせるガウェイン・スタークに、レティシアはため息をつく。

どうしてこんなことになってしまったのか。

きっかけは、ノエルがガウェインに言った一言だった。

『今週末ですか？　ルークと歌劇場に行く予定なんですけど』

この話にガウェインは興味を持った。

ただのデートなら特に関心もないが、これは明らかに特別なイベントである。

ルーク・ヴァルトシュタイン。

入団以来機械のように冷たく無表情だった後輩が、別人のように表情を変えるようになった理由。

学生時代からずっと片思いしてる想い人。

大切にしようとするあまり余計なことばかり考えて踏み出そうとしなかったあのへたれが、遂に一歩踏み出してデートに誘ったというのだ。

これはすさまじく興味深い。

魔法不適切使用取締局の副局長から、闇取引を摘発する仕事の助っ人として歌劇場のチケットを手配されたところだったのも災いした。

折角仕事で歌劇場に行くなら、あいつらのデートを見物しよう。

そんなデリカシーの欠片《かけら》もないガウェインの考えを知って、絶句したのはレティシアである。

うっかり見つかりでもすればもはやデートどころではない。

どんなにがんばって良い空気にしても、ガウェインとノエルはそういう甘い感じと最も遠いところにいる二人だ。

交わってしまえばもう取り返しはつかなくなってしまう。

(変なことにならないよう、私が止めないと)

自分がたきつけたデートでもある。

生真面目で責任感の強い性格ゆえ、使命感に駆られたレティシアは、ガウェインに同行を申し入れた。

結果二人は並んで後輩のデートを追跡している。

(どうして私がこんなことを……)

こめかみをおさえるレティシア。

「意外と良い感じだな、あいつら」

楽しげな声に、深く息を吐いて言う。

「普段からあんな感じですよ、あの二人は」

「なるほど。まったく意識されてないがゆえに距離が近い、と」

「悲しい現実を言葉にするのはやめてあげてください」

人混みに紛れ、二人の後を追う。

距離感の近いノエルに対し、普段通りの態度で接するルーク。

「絶対必死で取り繕ってるぜ、あれ」

面白くて仕方ないという様子で言うガウェイン。

やれやれ、と息を吐きつつ隣にいるその姿をレティシアは見上げる。

同期として王宮魔術師になって以来、優秀だった二人は何かと関わる機会が多かった。

ガウェインが聖金《アダマンタイト》級に昇格してからは相棒《バディ》の関係。

周囲からそういう目で見られることも少なくない。

『わたしはお似合いだと思いますよ先輩！』

しかし、レティシアは知っているのだ。

面倒見が良く、部下たちに慕われているこの人が、奢《おご》りすぎて破産寸前までいったとんでもない甲斐性《かいしょう》無しであることを。

色恋好きの同僚から言われるたびに、レティシアは思っている。

（たとえ他の男がすべて死滅したとしても、この人は無いな）


テアトロ・アーデンフェルドには四種類の座席がある。

馬蹄《ばてい》形の劇場の中で最も値段の高い地上席に座ってルークは劇が始まるのを待った。

隣ではノエルが警戒中の野生動物みたいに周囲を見回している。

「むむ。あの人あやしそうな気がする。ああいう爽やかそうな人が意外と闇取引してたりみたいな」

意外と闇取引してそうってどういう状況だよ。

心の中で思いつつ、横目で彼女を見つめる。

どうやら、取締局の連中の言葉を気にして、お仕事モードに入っているらしい。

「オフなんだし、がんばらなくていいよ？　僕らの仕事じゃないし」

「そんなこと言って、どうせ自分一人でなんとかしようと思ってるでしょ。まったく、この人は」

ノエルは肩をすくめる。

「気づかってくれるのはうれしいけど、私のことも少しは頼りにしてよね。休みだろうと、力になるよ。ルークのためなら」

不意にそんなことを言うから、びっくりする。

もちろん、彼女は僕のことを友達としか見てなくて。

ただ恩人で親友というだけで、恋愛の対象とかそういうのではまったくないのかもしれないけれど。

それでも、――うれしい。

僕にとっては、仕事なんかよりノエルとの時間の方がずっと大事で。

だけど、ノエルがそう言ってくれるなら、仕事をするのも悪くないか。

公演が始まる。

竜殺しの英雄を描いた叙事詩を元にした四幕からなる楽劇。

世界の生成を表現した美しく力強いメインテーマ。

ファゴット、ホルンがひとつずつ重ねられていく。フルート、ピッコロ、オーボエ、コールアングレ、クラリネット、トランペット、トロンボーン、コントラバストロンボーン、コントラバスチューバ……四管編成の管楽器が奏でる壮大な序奏。

優雅で美しい弦楽器の旋律。

十六ずつ編成された第一バイオリンと第二バイオリンに、十二のヴィオラとチェロ、八のコントラバス。

王国を代表する名手たちが生み出す音の洪水。

ホールに反響する音。

聴き入る観衆。

煌《きら》びやかな橙色のシャンデリアと天井画。

六台のハープが幻想的な調べを響かせる中、ふと隣を見る。

彼女は口を開けて気持ちよさそうに眠っていた。

早い。

まだ主人公も出てきていない。

一度行ってみたかったという言葉は何だったのか。

（ほんと君らしい）

くすりと笑っていたら、小さな身体がこてりと寄りかかってきて、心臓が止まりそうになった。

肩に寄りかかる彼女の頭。

肘置きに置いた手の甲を長い髪がくすぐる。

押し戻した方がいいんだろうか。

いや、でももう少しだけ。

早鐘を打つ鼓動。

肩に触れる体温。

石けんの香り。

すぐ傍で聞こえる安らかな寝息。

ふと我に返って苦笑する。

（楽劇を見てないのは僕も同じか）

王国を代表する楽団の演奏は、本当に質が高い素晴らしいもので。

なのに、ただ寝てるだけの彼女の方が、自分にとってはずっと幸せをくれるのだから。

人の心って不思議だ。

このまま、時間が止まってくれたらいいのに。

美しい調べを聴きながら、彼女の寝息に耳を澄ませる。


恐ろしいことに、第一幕が終わるまでノエルは一度も目を覚まさなかった。

気持ちよさそうに口を開けて熟睡している。

本当に、何をしに来たのだろうか。

（……まあ、僕からすると悪い時間ではなかったけど）

むしろ満足度はすごく高かった。

たとえトラブルが起きて演奏が中断するようなことになっても、会場で最も良い時間を過ごした観客として劇場を後にできるように思う。

第二幕が始まるまでの小休憩。

硬くなった身体をほぐすように伸びをしたルークは、後方からの視線に気づいてはっとした。

そこにあったのは楽しげに手を振るガウェインの姿。

隣ではレティシアが頭を抱えている。

「…………」

見られていたらしい。

(なんで、ここに……!)

ルークは顔が熱くなるのを感じつつ、二人の下へ向かう。

◇　◇　◇

「……………ん?」

目を覚ますと、そこはきらびやかなホールの中だった。

ここどこだ?　と怪訝な目で見つめてから、ルークに誘われて歌劇場へ公演を観に来ていることを思いだす。

どうやら今は休憩中らしい。

ルークも席を外している様子。

うんと伸びをして、外のお手洗いへ向かう。

硬くなった身体をほぐしながら歩いていた私は、曲がり角で劇場のスタッフさんとぶつかった。

「おっと」

「失礼いたしました」

慌てた様子で飛びだしてきた燕尾服《えんびふく》の男性。

急いでいるらしく、頭を下げてから早足で私に背を向ける。

何かあったのだろうか？

鼻先をくすぐるかすかな残り香。あ、良い匂い、と目を細めてから、そこに知っている何かが混じっていることに気づく。

何の匂いだっけ？　最近もどこかで嗅いだ気がするんだけど。

記憶の海の中で匂いの正体を探す。

そう、たしかあれは魔法薬の実験中だった。当時の私は「目指せ！　色気たっぷり素敵大人女子！」と変身薬の研究に没頭を――

はっとした。

二角獣《バイコーン》の角の粉末、魔女草、マンドラゴラの根、魔晶石とベルガモットの実を調合して作るその薬は――変身薬。

《緋薔薇の舞踏会》で使われていたものの香りに似ている。

強い匂いでは無かったし、香水の香りも混じっていたからあくまでそんな気がするというくらいだけど。

でも、追いかけてみる価値はある。

もしかしたら、闇取引に繋がる何かかも。

人混みのずっと先まで進んでいたその背中をあわてて追った。

くそ、人が邪魔で見えない……！

見失いそうになりながら懸命に追う。

燕尾服の後ろ姿は人気のない劇場の奥へ早足で進んでいく。

曲がり角に消える小さな背中。

《隠蔽魔法》

姿を周囲から見えなくする魔法のベールを張って、後を追った。

関係者以外立ち入り禁止の看板が立てられたその先。

曲がり角の先を覗き込んだ私が見たのは、スタッフさんの姿が壁の中に消えるところだった。

警戒しつつ近づいて、状況を確認する。

壁に偽装された隠し通路。

隠蔽魔法と迷宮遺物を使って作られたそれは、質も精度もおそろしく高い。

何の手がかりもない状態で発見するのはまず不可能だろう。

壁の中の通路は地下へと続いている。

予感がした。

間違いなく裏取引に繋がる何かがある。

ここまで精度の高い隠し通路があるということは劇場内にも関係者がいるのだろう。

たしか、ここの支配人さんにはあまりよくない疑惑があった。

新人王宮魔術師として、資料の整理をしていたときに調査記録を見たことがある。

テアトロ・アーデンフェルド十二代目総支配人ミシェル・ベルクローヴァ。

北の帝国にある歌劇場で演出家として名を上げ、総支配人として王国に来た彼は、裏社会の要人との黒い交際の可能性が調査されていた。

警戒しつつ、燕尾服の男性を追って隠し通路の中へ。

気づかれないよう十分に距離を取りつつ、地下施設を進んでいく。

大きくしっかりとした造りの施設だった。

壁は【遮音】と【耐久】の付与魔法がかけられた特別製。

奥の資材置き場のような場所で、燕尾服の男性は誰かと話していた。

「――――」

距離があるせいで何を言っているのかうまく聞き取れない。

声を拾うのをあきらめて、周囲に目を向ける。

これ、いったい何が積まれてるんだろう？

覆っている布の隙間から、積み上げられていた何かを確認して、私は言葉を失った。

漂う禁止魔法薬の香り。

大量に積まれた違法魔法武器。

『なぜ歌劇場なのかはわかりません。ただ、取引を主導する組織のアジトが近くにあるのではないかと局長は睨んでいるみたいです』

近くどころかここじゃん、犯罪組織のアジト。

まさかの状況にくらくらする。

と、とにかくみんなにこのことを伝えないと！

引き返そうとしたそのときだった。

「入り込んだ鼠《ねずみ》というのはどこだ？」

「あそこです」

「…………」

バレてた。

頭を抱える私と、違法武器を手に続々と集まってきて出口を封鎖する犯罪組織の人たち。

こ、これは俗に言う絶体絶命というやつでは……。

ちくしょう！

こうなったらやるしかない！

覚悟を決めて、魔法式を展開する。

犯罪組織アジトでの戦いが始まった。


私を取り囲んだ犯罪組織の人たち。

身のこなしを見るだけで相当の凄腕揃いだということがわかった。

おそらく、組織の中でも戦闘に特化した人たちなのだろう。

戦いの経験も戦闘技能も王宮魔術師一年目の私とは住む世界が違う。

その上、彼らが持っているのは裏社会で流通している違法魔法武器――《風王の狂杖《きょうじょう》》

所持しているだけで重罪になるその武器の威力は、魔法使いの魔法より格段に上と謳《うた》われている
と資料で読んだことがある。

数でも経験でも装備でも、そのすべてで私ははっきりと劣っていて。

「なんだよ、子供じゃねえか」

バカにするみたいに笑う人もいて。

多分それが客観的に見たら自然なことで。

だけど、私は胸の奥で熱いものがたぎるのを感じている。

他の何よりも大好きな魔法。

私は知っている。

魔法使いが魔法にかけてきた情熱を。汗の量を。

だからこそ、気に入らないんだ。
——魔法使いの魔法より上とか、簡単に言わないで。
起動する魔法式。
幾重にも高速展開する魔法陣。
放つのは渾身の風魔法。
《烈風砲《ウインドブラスト》》
轟音が地下施設を揺らした。

◆　◆　◆

王国の陰に潜む犯罪組織《黄昏《たそがれ》》。

高名な戯曲の一節から名付けられたこの組織は、王国全土に根を張り、国内外を問わず強い影響力を持っている。

麻薬密売、誘拐、人身売買、密輸、殺人……中でも彼らが得意としているのが危険性の高い禁止魔法薬と魔法武器の密造だった。

使用者の半数が廃人になる禁止魔法薬と所持者の肉体と精神を汚染する違法魔法武器。

その優秀さは、《黄昏》の持つ戦闘部門——《十本腕》の突出した戦闘能力が示している。

常軌を逸した訓練と禁止薬により人間離れした力と戦闘技能を習得した狂戦士たち。

十本腕の筆頭を務めるその男は、三桁を超える戦闘を経験し未だ無敗。

傷を負った経験も数えるほどしかない。

「やれ」

男の指示に、十本腕の一人が魔法武器を構える。

組織が密売している違法武器の中で最も性能の高い《風王の狂杖》
その絶大な力は、魔法使いが放つ魔法の威力をはるかに超えている。

杖が光を放つ。

頬を焼く閃光。

起動するのは規格外な出力での風魔法。

人間離れした力を持つ彼らでも、片腕で杖を握れない。

少しでも気を抜けば弾き飛ばされてしまうとてつもない魔力量。

鼓膜を叩く轟音。

全身を打つ質量を持った衝撃波。

放たれた風の大砲はもはや災害そのもの。侵入者を跡形もなく消し飛ばそうと疾駆する。

しかし、その瞬間、
男が感じたのは経験したことのない魔力の気配だった。

悪寒。
極限状態の戦闘の中で磨いてきた直感が彼に伝えている。
何かがいる――と。
握った《風王の狂杖》を振ったのは半ば反射的な行動だった。
他の十本腕も同様だったのだろう。
迫る脅威を回避すべく、本能的に自分にできる最大威力の攻撃を放つ。
常軌を逸した出力の違法魔法武器。
放たれる暴風は人間が制御できる域を超えた破壊力。
しかし、そこにあったのは彼が知る常識を超越した存在だった。
（速い――!?）
異常な速さで高速展開する魔法陣。
早送りのような速度で放たれる風の大砲。
小さな魔法使いは十の違法魔法武器による猛攻を一人で相殺している。
（ありえない。こんなこと、あるわけが……）
男は呆然と瞳を揺らす。
（なんなんだ、これは……）

その老人は裏社会の重鎮として知られていた。

犯罪組織《黄昏》の長を務め、あらゆる謀略で組織を拡大させてきた彼にとっても、目の前のそれは想定外の光景だった。

人間が制御できる域をはるかに超えた特別製の違法魔法武器。

十の杖が放つ猛攻を一人で相殺した怪物。

その異常な光景は、彼にひとつの噂を呼び起こさせた。

王室が主催する《緋薔薇の舞踏会》。

裏社会では知らない者がいない凄腕の暗殺者が初めて犯した失敗。

切り札の特級遺物を打ち破った小柄な王宮魔術師の話を。

(これがノエル・スプリングフィールド……)

災害指定のゴブリンキング変異種討伐。

西部辺境の飛竜種騒ぎでも目覚ましい活躍を見せ、今最も注目を集めている新星。

老人は目の前の魔法使いを最大級の脅威と判断した。

手段を選んでいる余裕はない。

「あれを使え」

「はい」

老人の指示で、側近の男が取り出したのは紫の光を放つゴブレットだった。

——特級遺物。

都市ひとつ、国ひとつさえ買えるような額で取引される規格外の迷宮遺物。

《忌神のゴブレット》

このゴブレットは、使用者の寿命の半分を代償として、一定範囲内に存在する魔石を活性化させ魔法武器の力を倍加させる力を持っている。

対王宮魔術師の戦闘を想定し、老人が用意していた切り札。

多くの才能ある魔法使いたちを彼はこの特級遺物で打ち倒してきた。

(魔法使いとして想像を絶するほどの修練を積んできたのだろう。だがこの世界において勝つのは最も狡猾《こうかつ》な者)

老人は思う。

(強者を倒すのは簡単なことだ。不死身と称えられた竜殺しの英雄が謀略によってあっけなく死んだように)

側近の男がゴブレットを起動する。禍々《まがまが》しい紫の光が部屋を染める。

十の違法改造された魔法杖に対し、一人で渡り合っていた小さな魔法使い。

しかし、ゴブレットの力は彼女の積み上げてきたものを無慈悲に叩きつぶす。

《風王の狂杖》の出力が倍加する。

放たれる暴風の威力が増す。

抵抗しようとする魔法使い。
しかし、抗《あらが》えない。
ついていけなくなる。
押し込まれる。
そこにあったのは無情なまでの力の差。
巨人が鼠を蹂躙《じゆうりん》するように。
魔法武器と特級遺物は、人間の魔法を完膚なきまでに叩きつぶす。
もはや戦いとは呼べない。
一方的な蹂躙。
轟音。
戦いはあっけなく決着した。
「取引は終わった。行くぞ」
背を向ける老人。
出口に向けて歩きだす。
数歩進んで足を止めた。
側近の男がついてきていない。
「ついてこい。何をしている」

「申し訳ありません。しかし、これは……」
声をふるわせて言う側近の男。
視線の先に目を向けて老人は言葉を失った。
(莫迦《ばか》、な……)
そこにあったのは、魔法杖の攻撃をギリギリで押しとどめる小さな魔法使いの姿。
(ありえない。あるはずがない。魔力が倍加してるんだぞ)
たしかに、ゴブレットの効果は発動している。
だからこそ信じられない。
受け入れられず、何度も確認して。
しかし、変わらない。
(いったい何が……)
呆然と瞳を揺らす。
不意に老人は気づいた。
ゴブレットを使うことによって生じた小さな魔法使いの変化。
ひとつひとつの動作がより無駄が無く最適化されたものに変わっていることを。
(此奴《こやつ》、まさかこの状況に適応して……)
単純な速度の向上だけじゃない。

高速展開する無数の風魔法を一点に集中する術式精度とバランス感覚。
何より恐ろしいのは、必要な条件と行動を瞬時に理解する状況把握能力だ。
絶望的なはずの状況に一瞬で適応したその姿に、老人は絶句する。
(状況が厳しくなればなるほど力を発揮する……)
おそらく意識的なものではないのだろう。
本能的に、無意識的に。
状況に適応し自身の行動を最適化する。
どういう理由かはわからない。
どのようにしてそのような力を身につけたのか。
しかし、そうでもなければ目の前で起きている事象の説明がつかない。
(此奴《こやつ》、いったい……)
口の中がからからに乾いていた。
自身の想像を超えた何かが目の前にいる。

◇　◇　◇

殺到する魔法杖による暴風。

災害そのもののような猛攻を必死で耐えていた私だけど、魔力と体力が消耗するにつれ、次第に限界が近づいてくる。

そこにあったのは人間と魔法武器の差。

連続して使っても威力と精度がぶれない魔法武器に対して、人間の放つ魔法には限界がある。

心の動揺。

体力的消耗。

焦り。不安。

恐怖。迷い。

心と肉体の状態は魔法の精度を大きく左右する。

次第に押し込まれる。

攻撃を押しとどめられなくなる。

崩れそうになる集中力。

迫る敗北の予感。

――いらない。

私は意識を集中して、余計な感情を振り払う。

負けそうとか、無理かもとか、そんなのはいらない。

私がすべきなのは、今、目の前の魔法に自分のすべてをぶつけることだけ。

わかっている。

この戦い、多分負けるのは私で。

だけど重要なのは一秒でも長く時間を稼ぐこと。

隠し通路の奥とは言え、これだけ派手に魔法を使っているのだ。

付与魔法による【遮音】と隠蔽魔法の障壁があるとは言え、優秀な魔法使いなら魔素の流れの変化に必ず気づく。

知ってるんだ。

嫌味なくらい優秀なあいつがこんな絶好の機会逃すわけないって。

後のことは全部任せていい。

私にできるのは良い形で後の人たちに繋ぐこと。

こんな私によくしてくれる人たちの期待に応えるために。

拾い上げてくれたあいつに、少しでも恩返しするために。

ただで負けてなんて絶対にやらない。

ここでほんの少しでも消耗させてやる――！

放つ渾身の魔法。

伝う汗。

酸素が足りない。

揺れる視界。
失われる体力と魔力。
「――――っ!!」
防ぎきれなかった一撃が、左腕を直撃する。
弾け飛ぶ袖口。
風の刃が雪崩のように視界全面から迫ってくる。
霞む視界の先で、炸裂したのは強烈な二つの魔法だった。

すべてを横薙ぎに一掃する電撃と炎の魔法。

殴りつけられたような衝撃波。
殺到していた風の刃は一瞬で霧散し、地下施設の床がめくれあがって破砕していく。
その一瞬で、そこにいた誰もが理解したはずだ。
現れた二人は、今この状況下において別格の力を持っていて、
戦いの結末は既に確定してしまったということを。
聖宝級《メイガス》魔術師ガウェイン・スターク。
そして、嫌味なくらい優秀なライバルで親友――ルーク・ヴァルトシュタイン。

違法魔法武器を手に、組織の人たちが魔術砲火を放つ。

しかし、寄せ付けない。

そこにあったのは一方的な蹂躙。

数の利も、装備も、この二人の前には何の意味も持たない。

すべてを覆す暴力的なまでの強さ。

レティシアさんを先頭に取締局の魔法使いさんたちがやって来て、組織の人たちを取り押さえていく。

よかった。

みんなが来るまで足止めできたんだ。

ほっとしたら腰が抜けてしまった。

「ノエル――!?」

あいつは、こっちが申し訳なくなるくらい焦っていて。

駆け寄ってきたその人に、あわてて私は言う。

「大丈夫だから。ルークは仕事に集中を――」

戦況は事実上決着しているとはいえ、今は成果を上げる大チャンス。

組織の要人を自分の手で捕まえれば、確実に評価を上げることができる。

私のことなんて後回しにしていい。

なのに、ルークはかがみ込んで回復魔法の魔法式を起動する。

「ほんと大丈夫だって」

「いいから」

「いや、でも今はチャンスで」

「いいって言ってる」

有無を言わさない口調。

「でも――」

絶対仕事を優先した方がいいって。

だけど、ルークは言った。

「ノエルの方が大事」

サファイアブルーの瞳。横顔。

怪我が治り始めたのを見て、ほっとした様子で息を吐く。

「よかった。間に合って」

心から安堵するその姿に、私は頬をかく。

『この国で一番の魔法使いになるために、僕が勝てなかった君の力を貸してほしいと思ってる』

それで私を連れてきたはずなのに、私の方を優先してどうするのか。

要領良いくせに、こういうところ不器用で。

ほんと良いやつなんだから。
私は胸があたたかくなって、
だけど言葉にするのは照れくさくて少しためらう。
いや、でもこういうのはちゃんと言葉にしなくちゃ。
それでもなんだか気恥ずかしくて、
すぐ傍にいるそいつの耳元で言った。
「ありがと」
ルークは瞳を揺らしてから、
「…………別に」
そっぽを向いて言った。
形の良い耳はほんのり赤くなっていて、
この照れ屋さんめ、と頬をゆるめる私だった。

◇　◇　◇

——間に合った。
その事実に、ルーク・ヴァルトシュタインは心から安堵している。

西部辺境での飛竜種騒ぎ。
倒れていた彼女の姿はルークの中に今も焼き付いていて。
あんな思い、もう二度としたくない。
何に代えても失いたくない大切な存在。
だけど、同時に痛感する。
終わりの日は必ず来るということを。
変わらないものなど何もなくて。
ほんの少しのきっかけで隣にいられる時間は終わってしまう。
わかっている。
彼女と僕の「好き」は違う。
彼女にとっての僕は友達で。
恋愛対象として見てもらうには、時間が経ちすぎていて。
だから、この恋は報われないのかもしれない。
それでもいいんだ。
君がいる。
それだけで僕は他に何もいらないくらいに幸せで。
傍にいたい。

本当に僕はずるくて、どうしようもないのに。
「ありがと」
なのに君がそんな風に言うから、もっと近くにいたくなってしまうんだ。
少しでも長くこの時間が続きますように。
いつか来る終わりの日を怖がりながら。
そんな子供みたいなことを願っている。

◆　◆　◆

《赤の宮殿》と称えられる大王宮の一室。
第一王子ミカエル・アーデンフェルドは部下に集めさせた資料に視線を落としている。
ノエル・スプリングフィールド。
入団直後から際立った成果を出し、歴代二位の速さで白銀級《シルバー》まで昇格した王宮魔術師。
集められた資料はすべて彼女についてのものだ。
日常生活。
隊での練習記録。
関わった事件の調査結果。

図書館で借りた本から昼食のメニューまで、彼女についての詳細な情報が記されている。

調査を行ったのは、ミカエルが極秘で編成したチームの精鋭たち。

責任者を務めたベネディクト卿《きょう》にとっても、その小さな魔法使いは興味深い存在だった。

幾多の大食いたちが集う定食屋で、最難関チャレンジメニューを完食し、「唐揚げは飲み物」とキメ顔で発言したこと。

タイトルが頭良さそうでかっこよかったからという理由で借りた難解な古典小説を、一ページ目で挫折して返却したこと。

身体測定で、身長がわずかに低くなっていたことに絶望し、白目を剝いて泡を吹いていたこと。

観察しているだけでも面白い、不思議で珍しい生き物。

しかし、魔法になるとその力は尋常な魔法使いの域を完全に超えている。

(あれだけの量を平然と……)

練習への姿勢も他とはまったく違う。

人並み外れた集中力と練習量。

誰よりも多くの量をこなしながら、固有時間を加速させる魔法を使ってさらに密度の濃いものへと昇華させている。

さらに興味深いのは、実戦における彼女の能力が練習時より格段に高く見えるということだった。

《緋薔薇の舞踏会》での暗殺者との戦い。

《薄霧の森》でのゴブリンキング変異種の討伐。

西部辺境を襲った狂化状態の《飛竜種》の撃退。

そして、今回の犯罪組織《黄昏》アジトでの攻防。

そのすべてで、普段の練習時をはるかに超えるパフォーマンスを彼女は発揮しているように見える。

なぜこのようなことができるのか。

単純に本番に強いという言葉では済ませられない調査結果。

「ひとつ仮説がある」

王子殿下の言葉に、ベネディクト卿は言った。

「仮説ですか？」

「ああ。彼女の能力。その本質について」

ミカエル・アーデンフェルドは言う。

「おそらく、彼女の本質は環境への適応だ。魔道具師ギルドで課されたという異常な労働量。仕事をすればするほど常軌を逸して過酷になっていく環境に彼女は適応せざるを得なかった。できなければ職人として生きていけなかったから」

執務室に言葉が響く。

「その結果、彼女の環境適応能力は際限なく磨き上げられ続けた。自身の限界を超えた状況。そこに適応する能力が彼女は異常に高い。思えば最初からそうだった」

「まさか……」

ベネディクト卿は息を呑む。

《血の60秒》。

ガウェイン・スタークとの腕試し。

王国最高火力を誇る聖宝級《メイガス》魔術師の攻撃に、瞬時に適応したというのか。

新人を試す目的の模擬戦闘とは言え、はるかに格上の相手に、あの僅かな時間で。

「ありえません。そんなことができるわけが……」

「俺もそう思った。だが、収集した情報は仮説に符合している」

ミカエルは口角を上げる。

「他の戦いも同様だ。状況に対し、自らを最適化して対応する。敵が強ければ強いほど力を増す。化物じみた環境適応能力」

ありえない、とベネディクト卿は思わずにはいられなかった。

たしかに、情報は仮説に符合しているのかもしれない。

だとしても信じられない。

受け入れられない。

西方大陸最強の生物種である飛竜種。

山脈を消し飛ばし、都市を灰燼に変えるというその攻撃にさえ戦いの中で適応したというのであれば——

そんなものは人間の持っていい力の域を完全に超えている。

「類い希《まれ》なる逸材。規格外の怪物」

ミカエルは続ける。

「確かめてみたいと思わないか。彼女の力がどこまで通用するのか」

「しかし、確かめると言いましてもどうやって」

「もうすぐ、彼が帰ってくる」

「彼って……まさか」

瞳を揺らすベネディクト卿。

第一王子は言った。

「対個人戦闘七百戦無敗。王国最強の剣聖——エリック・ラッシュフォード」

王立騎士団序列一位。

《一騎当千》、《無敗の剣聖》の異名を持つ最優の騎士。

聖宝級《メイガス》魔術師と並ぶ王国最高戦力の一人。

その圧倒的な強さから王国史上最強の剣士と称えられる生きる伝説。

「いくらなんでも無茶です！　ラッシュフォード様が相手では勝負になるわけが」

「もちろんハンデはつける。だが、ベネディクト卿。俺はどこかで期待してるんだよ」

ミカエル・アーデンフェルドは口角を上げて言った。

「彼女は、我々が思っている以上にとんでもない存在なんじゃないか、とね」

◇　◇　◇

「すごいです、ノエルさん。我々が長年発見できなかった組織のアジトを独力で発見するとは」

犯罪組織アジトでの戦いが終わった後。

取締局の魔法使いさんは私のことを褒めてくれた。

「えへへ。いえいえ、そんなことないですよー」

頬をゆるめる私。

見つけたのはたまたまで、本当にそんなことないのだけどそれは言わないでおくことにする。

折角の機会だからね。

こういうときはたくさん褒めてもらっておかないと。

「よし、奢ってやる。お前らついてこい」

事態の後始末が終わってから、ガウェインさんの発案で私たちはそのまま祝勝会へ。

行きつけらしい酒場に連れて行ってもらった。

「この人はまた……」

レティシアさんはこめかみをおさえてため息をついていたけど。

「チーズの盛り合わせとクラーケンの唐揚げ！　あと牛串と豚串とモツ煮込みをお願いします！」

「おう、ありがとなノエル。みんなの分も頼んでくれて」

「全部私のですっ！」

「…………」

たくさん食べて私は幸せいっぱい。

前職でこんな機会はなかったので、お酒を飲むのも久しぶり。

楽しくてついつい飲み過ぎてしまって、

「ノエル、飲み慣れてないならもうその辺りで」

制止するルークを振り切って、

「いーの！　今日から私はお酒を嗜《たしな》むかっこいい大人女子になるの！　店員さん、おかわり！」

さらにおかわりを注文。

「まだまだ飲めますよ！　夜はこれからです！」

困惑する先輩たちを余所に、どんどん楽しくなって、

「いちばん！　のえる・すぷりんぐふぃーるどうたいますっ！」

気持ちよく熱唱し始めてからのことはよく覚えていない。

後から聞いたところによると、店の前の茂みに頭から突っ込んでそのまま寝ようとする私を、ルークが介抱して家まで送り届けてくれたらしい。

『ほら、水持ってきたから』

そういえば、甲斐甲斐しくお世話してくれるルークの姿が、ぼんやりとだけど頭の中に残っている。

「わざと弱い姿を見せて気を惹《ひ》くなんて。恋愛上級者の愛されガールは違うわ……！」

お母さんは勘違いしてよくわからないことを言っていたけど。

ともあれ、冷たい水で眠気を払いつつ出勤の準備。

寝癖を直しながら思いだしたのは、飲み会の席での取締局の黄金《ゴールド》級魔術師さんのお話だった。

『誰にも言わないでくださいね。これはここだけの話にしてほしいんですけど』

取締局の魔法使いさんは真剣な声で言った。

『実はノエルさんのことを探ろうと第一王子殿下が動いているようなんです』

言葉の意味がうまくつかめなかった。

ミカエル・アーデンフェルド王子殿下と言えば、王国の頂点に立つ一人。

《赤の宮殿》と称えられる大王宮における最重要人物。

頭脳明晰で容姿端麗。

王国一の大学を飛び級、首席で卒業し、チェスの腕前は周辺国最強と称えられていたグランドマスターを破ったとか。

遠征のメンバーに選ばれたし、たしかに評価していただいている感じはあったように思う。

でも、そんなすごい人がまだまだ駆け出しの私の調査なんて、するわけないと伝えたのだけど、

『本当です。全容はわかりませんが、少なくない人数が動いています。貴方の情報を探るために』

取締局の魔法使いさんは言う。

『他国の密偵が貴方のことを調査すべく動いていたという話もあります。気をつけてくださいね。大きな何かに飲み込まれないように。貴方は、後世に名を残す魔法使いになる可能性がある人だと思うので』

心配してくれるのはありがたいけれど、何か勘違いしてると思うんだよな。

私の調査なんて、王子殿下や他国の人がするとはとても思えないし。

そう勘違いするくらい評価してもらえたのはすごくうれしかったけど。

そんなことを思いつつ出勤する。

隊舎では何やら人だかりができていた。

先輩たちのざわめき。

何が起きているのか確認したくて背伸びするけれど、私の身長ではよく見えない。

「何かあったんですか？」

「ノエルさん！　大変！　大変よ！」

「へ？」

私の周囲を先輩たちが取り囲む。

「落ち着いて。落ち着いて聞いてね」

見上げる私に、先輩たちは言った。

「年に一度、王室主催で行われる御前試合。その出場者としてノエルさんが選ばれたの」

# 第3章　剣聖との御前試合

王室主催の御前試合。

王立騎士団と王宮魔術師団の精鋭によって行われる五番勝負で、大王宮の中で最も注目を集めるイベントのひとつだ。

国王陛下がご観覧され、その結果は組織の地位と名誉にも影響する。

両陣営にとって、非常に重要な試合なのだけど。

「ど、どうしてそんな大切な試合に私が……」

「第一王子殿下のご推薦だって」

「でも、私より優秀な魔法使いさんもたくさんいるのに」

「上の階級になるほど自分の研究を優先したいって人も多いから。あと、強すぎて御前試合に出すのは危険な部分もあるし」

「ああ、なるほど……」

犯罪組織アジトで見たガウェインさんとルークの魔法を思いだす。

たしかに、あの人たちを国王陛下の前で戦わせるのは、運営側としても怖い部分があるのだろう。

「それに、貴方の出る試合は実質罰ゲームみたいなところがあるからみんなやりたがらなくて」

「どうしてですか？」

「勝敗を決める大将戦。しかも、相手は《無敗の剣聖》ラッシュフォード様なの」

その騎士さんの名前を私は知っていた。

というか、王国の人ならみんな知ってるんじゃないかと思う。

王立騎士団序列一位。

個人戦闘七百戦無敗。

聖宝級魔術師《メイガス》と共に、最高戦力の一人として数えられる王国史上最強の騎士。

私が対悪ガキ戦四百戦無敗を名乗っていたのも、この人の無敗記録に憧れたからだったりする。

「無理ですよ！　勝負になるわけないじゃないですか！」

「大丈夫。運営の方も力の差があることはわかっているわ。だから、ハンデをつけてくれるんだって」

「あ、そうなんですね。よかった。殺されるのかと思いましたよ」

「五分間耐え抜いたら貴方の勝ちという変則ルールなんだけど」

「……あの、言い忘れてるだけだと思うんですけど、剣聖さんの力を制限する系のハンデもありますよね？」

先輩はにっこり微笑んでから、私の肩に手を当てて言った。

「大丈夫。死にはしないわ。多分」

「…………」

多分なんだ。

死ぬ可能性あるんだ。

「先輩出てくださいよ！　私より階級上の黄金級《ゴールド》じゃないですか！」

「嫌よ！　私には家で待ってる猫ちゃんがいるの！　死ねないの！」

「私だって死にたくないです！」

「一生のお願い！　みんなのために死んで！」

「嫌です！」

断固拒否の姿勢を見せていた私だが、王子殿下のご推薦という事実は一介の魔法使いにどうこうできるようなものではない。

結果、無事御前試合で公開処刑されることが決定した。

「どうして……どうしてこんなことに……」

あまりにも格上過ぎるし、絶対に勝負にならないってこんなの……。

どうやってこの絶望的な状況から生き残ろう。

必死で考えるけれど何も浮かばないまま時は過ぎる。

「ノエルさん、御前試合の打ち合わせだって」

大王宮の一室。

豪奢《ごうしゃ》な応接室に呼びだされて打ち合わせをすることになってしまった。

純白のソファーに大理石のテーブル。

細身の鳥のような意匠の蠟燭《ろうそく》台が橙色の火を灯している。

「こちらで少々お待ちくださいませ」

執事さんは美しい所作で一礼してから、賢い猫のように音もなく部屋を後にする。

御前試合の運営を担当している貴族さんを呼びに行ったらしい。

部屋の中は湖の底に座っているかのように静かだった。

落ち着かない気持ちでどのくらい待っていただろう。

「悪いね。メイザース家当主との世間話が盛り上がってしまって」

現れたのは品の良い初老の男性だった。

王国貴族社会に疎《うと》い私でも、感覚的にその人がかなり高い地位にいることがわかった。

「君が噂の新人王宮魔術師か。王子殿下は君のことを気に入られているようでね。王の盾《キングズガード》に呼ぼうとなさってるなんて話もあるんだよ」

「あ、ありがとうございます」

本当に評価していただいているらしい。

お話しできるような存在じゃない雲の上の人という感じなので、まったく現実感がないのだけど。

「よかったじゃないか。異例のことなんだよ。入団一年目の者が御前試合の出場者に選ばれるなんて。ただ、君は少し特殊だから私としては不安もあったんだけどね」

「特殊、ですか？」

「うん。あの何もない西部辺境の出身で平民。一人親家庭で貧しく下層に分類される出自だろう？　その上女性で、身長も子供みたいに低い。本当に魔法が使えるのか不安になるくらいだ。活躍はしてるそうだが、王室主催の御前試合に出場させていいものか心配でね。でも、君と対戦相手の実力差を考えると出場を許してもいいと思ったんだ」

貴族さんは言う。

「何せ、あの剣聖が相手だからね。聖宝級《メイガス》の方々が出ない以上勝負にならないのはわかりきっている。貴族出身の者が惨敗する姿は、あまり気持ちのいいものではないから。その点、平民出身の君が粉々にされても誰も困らない」

にっこり目を細めて続けた。

「みんな君じゃ相手にならないのは知ってるから。ただ立っていてくれればそれでいいよ。大丈夫」

彼の言葉は、私に過去の記憶を思いださせた。

魔術学院時代、数少ない平民の一人だった私は、貴族階級の人たちに気分のよくないことを言われることもあって。

『とんでもないことをしてくれたな、お前。平民風情《ふぜい》が、この僕に勝つなんて……！』

そう言えば、あいつにもそんな風に言われたっけ。

だから私は言ってやったんだ。

『誰が平民風情よ！　私はお母さんが女手ひとつで一生懸命働いてくれてこの学校に通えているの！　そのことを誇りを思っているし、公爵家だろうがなんだろうが知ったことじゃない！　あんたなんか百回でも千回でもボコボコにしてやるわ！』

もちろん、私も大人になっているわけで、昔みたいに喧嘩《けんか》を売ったりはしない。

「試合。絶対に観てくださいね」

言葉にするのはそれだけ。

打ち合わせが終わってから一直線に、ルークの執務室に向かう。

扉を開けて、紅茶を飲んでいたその人に言った。

「御前試合勝ちたい。協力して」

◇　◇　◇

ルーク・ヴァルトシュタインは王宮内に独自の情報網を持っている。

王国貴族社会に蔓延《まんえん》する不正と癒着——これを弱みとして握ることで、自身の協力者として使えるようにした貴族たち。

だからその日の朝行われた第一王子ミカエル・アーデンフェルドと三番隊隊長ガウェイン・スタークの会談についてもある程度の情報をつかんでいた。

要点は大きく分けて三つ。

三番隊に所属する白銀《シルバー》級魔術師、ノエル・スプリングフィールドを御前試合の出場者として選考したこと。

第一王子はノエル・スプリングフィールドの実力と将来性を高く評価し、その成長に最も適した環境で彼女を育成すべきだと考えていること。

そして彼女の将来を考えると、王宮魔術師団ではなく王の盾《キングズガード》で経験を積ませた方が良いという考えを持っていること。

「ノエル・スプリングフィールドの王の盾《キングズガード》選抜に向け、既に少なくない人数が動いています。おそらく御前試合の後、一ヶ月以内には内示が出るのではないかと」

報告を聞いたルークは、自室で深く息を吐く。

(動きが予想以上に早い)

恐れていた事態。

王家直属の特別部隊——王の盾《キングズガード》への異動。

決定すれば、王宮魔術師団に所属するルークとの相棒《バディ》としての関係も解消されることになる。

「悪い。止められなかった」

会談を終えたガウェインは言った。

「いえ、気づかっていただいてありがとうございます」

「お前のためじゃねえけどな。若くして注目を集める平民出身の魔法使いとなると、保守派の貴族の中にはよくない感情を持っている者も少なくない。王の盾《キングズガード》所属になればそういう貴族とも近い距離で働かなければならなくなる。一年目のあいつにはまだ早い。それだけのことだ」

ガウェインは続ける。

「残念だがおそらく、あいつの王の盾《キングズガード》行きは既に事実上決まっている。王子殿下のご意向だ。一介の魔法使いがどうこうできる状況じゃない」

ルークを一瞥して言った。

「それでも、お前はあきらめないんだろ」

「そうですね。やりようはあると思ってますよ」

「何をする気だ」

「王子殿下の動向から推測するに、その望みは成長に最も適した環境をノエルに提供することです。だったら、僕の隣がそうであることを示せば良い」

ルークは言う。

「御前試合。僕が協力することによって、王子殿下の想定を超える戦いを見せれば、この状況をひっくり返すことができる。その可能性がある」

「なるほどな。まだ真っ当な方向で安心した」

「どういう方向だと思ってたんですか？」

「あいつをさらって、地の果てまで逃げるとか」

「しませんよ。僕はノエルの幸せを何よりも願っているので」

肩をすくめてからルークは続けた。

「もっとも、こういうのが気に入らない人もいるみたいですけどね」

「大分危なっかしいからな、お前」

「でも、今回は言われた通り自分の幸せのために行動するつもりです。あいつの隣にいるために。王子殿下が相手だろうと絶対に譲らない」

「そうか」

ガウェインは目を細める。

「思う存分やってこい。悔いは残すなよ」

うなずきを返しながら、ルークは自分の嘘に気づいている。

彼女を失えば、いかなる形であろうと後悔せずにはいられない。

それはどんなに努力したところで、達成感や満足感では絶対に充足できないことで。

だからこそ、全力を尽くすんだ。
他の何よりも大切なたったひとつ。
代わりなんてないことを知っている。
誰が相手だろうと絶対に譲らない。
（さて、何から始めるか）
おそらく、彼女は御前試合が決まって動揺していることだろう。
王国史上最強の騎士と称えられる剣聖が相手となると、力の差は歴然。
あまりにも格が違いすぎる。
戦う前から気持ちで負けてしまうのが自然なことだ。
だけどそれでは、勝負にさえならない。
戦えない。
問題は、その壁をどうやって乗り越えるか。
執務室の扉が開いたのはそのときだった。
入ってきた彼女はルークに言う。
「御前試合勝ちたい。協力して」
真剣な目。予想外の言葉に少し驚いて、
（まったく、君は本当に……）

漏れそうになる笑みを噛み殺す。

持っていた紅茶を置いて言った。

「任せて」

目の前にあるのはあまりにも高い壁。

誰も彼女が勝てるなんて思ってないし、ルーク自身も厳しい戦いになることを理解している。

それでも、あきらめる気はまったくない。

絶対に譲れない、何よりも大切なたったひとつ。

彼女の隣にいるために。

剣聖だろうが、王子殿下だろうが、立ち塞がるなら迎え撃つだけ。

ルーク・ヴァルトシュタインの目に迷いは無い。

◇　◇　◇

そして始まったルークとの御前試合対策。

「……この資料、全部読んだの？」

執務室に積まれた資料の山に私は絶句することしかできなかった。

「これくらいしないとスタートラインにさえ立てない相手だよ。剣聖は」

現存する剣聖の戦闘記録すべてに目を通したと言う。

できるやつなのは知っていたけど、改めてそのすごさを痛感した。

名門ヴァルトシュタイン公爵家に生まれ、幼い頃から想像を絶する練習量を積み上げてきた努力型の天才。

目的と手段が定まったときの集中力は、普通の人とはまったく次元が違う。

「剣聖は聖宝級魔術師《メイガス》と並ぶ王国最高戦力。個人戦闘七百戦無敗、王国史に名を刻む最強の騎士だ」

ルークは言う。

「一対一の戦闘では、力も経験もノエルよりはるかに上。何もできずに瞬殺されるというのが一般的な見方だし、準備をせずに臨《のぞ》めば間違いなくそうなると思う」

「だよね。私もそう思う」

王国を代表する英雄的存在の一人。

幾多の高名な剣客や武人が彼に挑んで敗北を喫している。

それも、万にひとつも望みが無いことを突きつけられるような、圧倒的な内容で。

「でも、ルークなら策を見つけられる。そうでしょ」

「当然」

当たり前のように言うルーク。

天才でありながら実は誰よりも努力と準備をしてるこの人は、対策を立てることにおいては多分王国魔法界の中でも随一。

相手を調べ上げて弱点を徹底的に突き、力を発揮させずに完封する。

性格の悪い戦い方をさせれば、右に出る者がいない腹黒野郎なのだ。

私もこいつの意地悪な戦い方にどれだけ苦しめられたか。

ほんと最初の頃は大嫌いだったことを思いだす。

でも、普通に戦っても勝てない格上との戦いのパートナーとして、こんなに頼りになる人はいない。

「私は何をすればいい？」

「距離を取りながら、徹底的に攻撃を凌《しの》ぎ続ける。今回の御前試合は五分間耐え抜けばノエルが勝ちというルールだ。逃げに徹して、時間経過による勝利を狙うしかない」

ルークは言う。

「その上で重要なのは剣聖の攻撃に耐えられるだけの対応力を身につけること。特に最初の攻撃。そこさえなんとか凌げれば、一見絶望的なこの戦いにも可能性が出てくる。ノエルならそれができる。僕はそう思ってるし、信じてる」

その言葉は、私に勇気と力をくれるものだった。

前職ではずっと役立たず扱いだったからな。

できると言ってくれる。

信じてくれる。

それがどんなにありがたいか。

「剣聖の攻撃に対応するために、格上の相手に対応する練習をしていこう」

ルークが取り出したのは、独特の光沢を放つ腕輪だった。

「装備した者の魔力を半減させる二級遺物――《魔封じの腕輪》。ノエルにはこれをつけてトレーニングしてほしい」

「魔力が制限された状況で効果的に魔法を使うための練習法！　これやってみたかったんだ！」

高負荷トレーニングのひとつとして、近年取り入れられたその練習法は、私が密かに憧れていたものだった。

魔力を制限する魔道具は希少で高価だから、私には手が届かないものだと思っていたのに、まさか体験できる日が来るなんて！

「おお！　ほんとに魔力が半分に！」

初めての体験に胸を弾ませる私。

「それで、これをつけてどういう練習するの？」

やっぱりまずは初歩的なメニューかな？

高負荷トレーニングは初めてだし、まずは簡単なところから段階を上げて――

「これから、本番を想定して僕がノエルをボコボコにするから。がんばって五分耐え抜いて」

私は少しの間言葉を失ってから言った。

「………………え？」


それから、ルークは本当に私をボコボコにした。

ただでさえ王国史に名を残すレベルの天才であるルークを相手に、魔力が半減した状態でどう戦えというのか。

それはもはや戦いとさえ言えない一方的な蹂躙だった。

たしかに、力の差がある格上の相手に対し、逃げに徹して耐え凌ぐための練習としては、かなり効果的なものだったと思う。

最初は何もできなかったけど、少しずつどうやればいいのか摑めてきたし。

ただひとつ。

どうしても不満なのは、ルークに負けてるみたいな気持ちになること。

ムカついたので、練習の最後はルークに腕輪をつけてもらって、ボコボコにした。

とても気持ちよかった。

「見たか！　私の力を！　わっはっは！」

「ほんと容赦ないよね、君……」

「だってムカつくんだもん。負けっぱなしはさ」

「負けじゃないって。ハンデつきなんだし」

「それはそうなんだけどね。でも、やっぱどうしてもルークだけには負けたくないというか」

「僕だけ……」

ルークは少しの間黙り込んでから、言った。

「そういうことなら、これも悪くないかな」

……え？

一方的にボコボコにされたのに？

もしかして、そういう趣味があったりするんだろうか。

しょ、衝撃の事実……！

でも、好みは人それぞれだもんね。

友達として、そんなルークも受け止めてあげようと思う。

ともあれ、それから始まった御前試合に向け特訓する日々。

課題に向けて二人で協力して取り組む時間は、魔術学院時代のそれになんだか似ていた。

『ねえねえ、これどうやって解けばいいの？』

『自分で考えろよ。ったく。まずはこの式を――』

図書館で一緒に勉強して、
『もう怒った！　表出なさい。今日という今日はボコボコにしてやるわ！』
『こっちの台詞《せりふ》だ！　僕とお前の力の差を思い知らせてやる！』

何かあるとすぐに魔法戦闘で競い合って。
思いだすと頬がゆるんでしまう水色の時間。
二人でいると少しだけ、あの日の私たちに戻ってるような気がするんだ。
大人になってこんなの、ちょっと変かもしれないけれど。
でも今、目の前にあるのは定期試験なんて生やさしいものじゃなくて。
王国史上最強の騎士。
剣聖。
誰も私が越えられるとは思っていない途方もなく高い壁。
それでも、不思議なくらいに怖くはないんだ。
空も飛べるよ無敵だよって、あの頃の私たちが言ってるから。
「勝とう、ルーク」

「うん。やってやろう」

そして私たちは、御前試合の日を迎える。

◇　◇　◇

「あの子に言わなかったの？　負けたら貴方との相棒《バディ》の関係もこれで最後になること」

「言えませんでした」

レティシアの言葉に、ルークは言った。

「あいつには、余計なことを考えずに戦ってほしかったので」

「貴方は、本当に……」

ため息をつくレティシア。

しかし、同時に彼らしいとも思う。

純粋さと計算。

やさしさと妄執。

相反する二つの中で揺れるひどく人間的な彼という存在。

待っているのは悲劇的な結末なのかもしれない。

王子殿下と剣聖。

立ち塞がる壁はあまりにも大きく、
何よりも大切なたったひとつは、彼の隣から遠ざかろうとしている。

立ち向かってもまず勝ち目なんてないのに、それでもこの子はまったくあきらめようとしないのだ。

本当に愚かでどうしようもなくて。

だからこそ放っておけない危なっかしい後輩。

「厳しい戦いになるわよ」

「わかっています」

彼はうなずく。

手に入れられるすべての資料に目を通し、剣聖の対策を立てた彼のことだ。

その圧倒的な強さを誰よりも理解しているのだろう。

聖宝級《メイガス》――あるいはそれに匹敵する魔法使いでないとまず勝負にさえならない相手。

「ただ、今回あいつの特訓に付き合って気づいたことがあるんです」

不意に彼は言った。

「気づいたこと?」

「あいつ、魔力を制限された状態での戦いに適応する速さが異常だったんですよ。普通の魔法使いなら一ヶ月以上かかることを数日で。ありえないはずのことだったんです」

ルーク・ヴァルトシュタインは続けた。

「あいつは多分――底知れない何かを内に秘めている」

◇　◇　◇

御前試合当日。

試合が行われる王立騎士団第一演習場は、観覧する貴族や両陣営の関係者で賑わっていた。

なんでこんなにたくさんの人たちが……。

御前試合が大王宮における一大イベントであることを今さらになって実感する。

もし何か失敗しちゃったらどうしよう……。

想像以上の注目度に、胃が痛くなってくる。

「大丈夫だって。そんな硬くなるなよ」

励ましてくれたのは、同じく御前試合に出場する先輩たちだった。

御前試合は王宮魔術師団と王立騎士団の精鋭によって行われる五番勝負。

私の他にも四人の先輩が出場者として選ばれている。

「大将戦だとか気にしなくていい。俺たちがお前の試合前に決着つけといてやるからさ」

「先輩……！」

あたたかい言葉に感動しつつ、その大きな背中を見送る。

御前試合は王宮魔術師団の位置付けにも影響する大事な試合なわけで。

その結果を決定づけてしまう状況での大将戦なんて、プレッシャーがすごすぎて絶対にやりたくない。

よかった。

これで安心して自分のことに集中できる。

胃薬とお茶を飲みつつ先輩たちの試合を見守る。

結果は二勝二敗だった。

私は現実を受け止められなくて遠い目をした。

「嫌だ！　戦犯扱いされたくない！　ノエルさん助けて！」

「頼むノエル！　お前にすべてがかかってる！　勝ってくれ！」

白目を剝く私の肩を揺らす先輩たち。

かっこいい先輩だと思ってた私の気持ちを返してほしい。

のしかかるプレッシャーにくらくらしつつ、案内されて選手入場口へ向かう。

「緊張してるね」

声をかけてきたのはルークだった。

「それはもう。だってすごくたくさんの人が見てるし。二勝二敗で大将戦を戦うとは思ってなかったし」

私が負ければ、御前試合での王宮魔術師団の負けも決まってしまう。

国王陛下もご覧になっているわけでその影響力は絶大。

この大将戦でひどい負け方をしてしまったら、王国における魔法使いの立場にも悪い影響が出る可能性さえある。

失敗は絶対に許されない。

「大丈夫だよ。誰も君になんてまったく期待してないから。瞬殺されても王宮魔術師団の評価は下がらない。当然の結果。それだけ」

「ちょっと！　ひどくない!?　たしかにそうかもしれないけどさ！」

励ましてくれるのかなってちょっと期待したのに。

やっぱり性格最悪だよ！

何も変わってなかったよ、この意地悪！

「魔法のことなんてまるでわからない貴族がほとんどだからね。みんな君が一瞬で跡形もなく吹き飛ばされると思ってる。見るも無惨に、完膚なきまでに叩きつぶされる形で」

「むむむ……」

「でも、もし君が瞬殺されなかったらどうだろう。何せ相手はあの剣聖だ。それだけで会場中がどれだけ驚くか。そして、僕らはそのための準備をしてきてる」

ルークは言った。
「どう？　わくわくしてこないかな？」
高鳴り。
弾む鼓動。
「できるよ。君なら、絶対にできる」
もう。この人は乗せるのがうまいんだから。
運営の人にうながされて、試合が行われるフィールドに出る。
観覧席から注がれる無数の視線。
だけど、今は全然気にならない。
誰も期待してなくていい。
それでいい。
度肝を抜いてやる。
決意を胸に、私は目の前に立つ途方もなく高い壁を見据える。
剣聖――エリック・ラッシュフォード。
王国史上最強の騎士。
対峙する上で気をつけるべきことを、ルークは私に教えてくれていた。

『相手を必要以上に大きくしないこと。どこにでもいる少し強い普通の騎士。そう思うことを意識して』

普通の騎士、普通の騎士、普通の騎士。

心の中で唱える。

『それから一番重要なのは、最初の一撃で決定打をもらわないこと』

剣聖の最初の攻撃。

その一瞬に、最大限の警戒をして臨んでほしいとルークは言っていた。

『剣聖の攻撃は、おそらく君が今までに対峙した誰よりも速い。ほとんどの対戦相手が最初の一撃に反応さえできずに敗北してる。その一瞬にすべてを懸けるつもりで集中して』

全神経を研ぎ澄ます。

身体が硬くならないよう、一点に集中せず全体をぼんやりと見ることを意識。

小さく跳んでステップを踏みながら、攻撃に反応できる体勢を整える。

響く試合開始の合図。

私にできる最高の準備ができていたはずだ。

集中していたし、気負いすぎてもいなかった。

最初に起動した《固有時間加速《スペルブースト》》は完璧な出来だったし、調子も普段より良かったと思う。

出来すぎくらいにうまくいった試合開始直後。

なのに、その踏み込みに私は反応することさえできなかった。

「――――っ!?」

見えなかった。

何が起きたのかまるでわからなかった。

演習場外縁部、石造りの壁に叩きつけられている。

背骨が折れたんじゃないかと錯覚するような強い衝撃。

耳元で鳴る破砕音。

舞う粉塵と土煙。

壁の一部を吹き飛ばし、その中にめり込む形でようやく私の身体は止まったらしい。

ルークの対策とトレーニングがなかったら間違いなく一撃で意識ごと持って行かれていただろう。

すごいのはわかっていて。

知っていて。

だけど、相対したその人は私の想像なんてはるかに超えていた。

七百戦無敗。

王国史上最強の騎士。

口の中でざらつく砂礫《されき》を吐き出して、深く息を吐く。

本物だ。

次元の違いを思い知った。

私なんかが戦おうとすること自体おこがましく思えてくるような圧倒的で絶対的な強さ。

壁は果てしなく高く、見上げても空が見えないくらい。

回復魔法で失った体力を回復する。

砂煙の中に身を隠しながら、私は口角を上げた。


でもだからこそ、越えられたら最高に気持ちいいはずだよね。


誰も私が勝つなんて思っていない。

それでいい。

王国史上最大の下剋上を見せてやる。

さあ、挑戦の始まりだ。

◆　◆　◆

「終わりましたか」

御前試合の会場である王立騎士団第一演習場。

国王陛下のために用意された特別観覧席で、運営の総責任者を務めるハイドフェルド卿は安堵の息を吐いた。

問題なく責任者としての職務を全うできたはずだ。

行われた五つの試合は、どれも及第点の盛り上がりを見せていた。

隙を見せれば誰に追い落とされるかわからない宮廷貴族社会。

重要なのは、後で困るような失態を起こさないこと。

その意味で、今回の御前試合は大成功とは言えないが失敗でもない。

彼にとっては望んだ通りの理想的なものだと言えた。

唯一の懸念点だった平民出身の女性魔法使いも期待通りの働きをしてくれたように思う。

『みんな君じゃ相手にならないのは知ってるから。ただ立っていてくれればそれでいいよ。大丈夫』

その言葉は彼の本心だ。

今回の大将戦は剣聖の一人舞台。

圧倒的な力の前に、平民出身の魔法使いは何もできずに粉砕される。

想定通り。

誰もが予想していたシナリオ。

(何事もなく終わってよかった)

「では、私は運営本部の方に」

ハイドフェルド卿が立ち上がったそのときだった。

「いや――」

口を開いたのは国王陛下だった。

「まだ終わっていないようだよ」

言葉の意味がうまくつかめなかった。

しかし、次の瞬間気づいたのはひとつの事実。

剣聖が構えを解いていない。

（まさか、あの攻撃を耐え凌いだ……？）

ありえない。

あるわけがない。

よぎった可能性を否定し、首を振る。

あんな子供のような外見の魔法使いに、そんなことができるとはとても思えない。

しかし、審判者を務める騎士は終了の合図を告げられず瞳を揺らしている。

（これは、いったい……）

◇　◇　◇

土煙の中に身を潜めながら、先ほどの剣聖の攻撃を頭の中で再現する。

なぜ私は反応できなかったのか。

見えなかったのか。

『問題を切り分けて考えろ。地道にひとつずつわかることを整理していけ。そうすれば、どんな難問でも必ず正解に近づける』

細部をひとつずつ切り分けて整理し、対応策を考える。

単純な速さなら私だって負けてないはずだ。

前職の膨大なノルマをこなすためにがんばり続けたおかげで、《固有時間加速《スペルブースト》》を使った速さ比べなら、聖宝級《メイガス》魔術師のガウェインさんにだって負けてない自信がある。

加えて、この試合に向けて行った特訓。

魔力を制限された状態で戦ったルークの方が、速度差自体は大きかったはずだ。

なのに、どうして消えたと錯覚したのか。

状況を思い返し検証する。

反応できるポイントがなかったから。

それが私のたどり着いた仮説だった。

おそらく――原因は予備動作。

剣聖の動きは、通常の人間のそれとは根本から違う。
反応させないことに特化して磨き上げられた動作。
細かな所作までそのすべてが、対峙した相手を斬るために最適化されている。
途方もない量の反復。
一切の妥協なく洗練された神域の一閃。
それは間違いなく、今の私にどうこうできる次元のものではなくて。
——だったら、完璧な状態で斬らせなければ良い。

《風刃の桜吹雪《エアレイドストーム》》

土煙が晴れると同時に、魔法式を起動する。
高速展開する魔法陣。
疾駆する無数の花びらの刃。

「————」

しかし、剣聖は表情さえ変えない。
一太刀で桜吹雪を吹き飛ばし、姿を見せた私に向けて踏み込む。
だけど、先ほどより少しだけ遅い。

花びらの風刃で、フィールドの足場を切り崩したからだ。

どんなに優れた剣士だって、足場が悪いところで１００パーセントの力は発揮できない。

不安定な足場。

さらに、気づかれないよう周囲に張った不可視の風の防壁。

二重に仕掛けた対策。

しかし、それでも剣聖を止めるには届かない。

常軌を逸した加速。

反応できない予備動作。

一瞬で間合いが詰められる。

危険な至近距離。

光速の一閃。

振り抜かれた剣技を――私はギリギリでかわしていた。

加速した世界の中。

鼻先をかすめるその鋭さに改めて驚かされる。

万全の対策で待ち構えて、それでもここまで迫られるなんて。

目の前の相手は、同じ人間とは思えないほど強くて――

でも、今の一撃はかわすことができた。

負けてない。
通用してる。

私の魔法は剣聖にだって通用してる。

思わず笑みが零れた。
田舎町の魔道具師ギルドでも役立たず扱いで。
クビになって、働けるところがなくて。
才能ないのかなって。
私には無理なのかなって落ち込んでたあの頃。
大丈夫。
無理なんかじゃないよ。
届いてる。
たしかに、届いてる。
行こう、私の大好き。
思いを込めて起動する魔法式には、きっと今までの全部が詰まっている。

◆　◆　◆

砂煙の中から現れたのはありえないはずの光景だった。
高速展開する無数の魔法式。
その起動速度にハイドフェルド卿は絶句する。
(なんだ、これは……)
理解が追いつかない。
すべてを置き去りにする異次元の速さ。
(これが、魔法……)
信じられない光景に瞳を揺らすハイドフェルド卿。
二つの影が交差する。
目にも留まらぬ攻防。
それでも、剣聖はそのさらに上を行った。
単純な速さなら小さな魔法使いも負けていない。
だが、剣聖の動きはそのすべてが目の前の相手を斬ることに最適化されている。
弛《たゆ》まぬ洗練。
狂気の域まで繰り返された反復。

身体を通して実現される動きの精度は、尋常な人間が到達できる域をはるかに超えている。

その姿は、剣の素養が無いハイドフェルド卿でもわかるほど明らかに、自分が見てきた剣聖とは違っていた。

(今までの試合は本気ではなかった、のか……？)

気づかされる。

七百戦無敗。

圧倒的に見えたその戦いぶりも剣聖にとっては児戯《じぎ》に過ぎなかったのだ。

(いったいどこまで……)

自身の理解を超越したその力に身震いする。

そこにいるのは己の生涯、そのすべてを剣に注ぎ込んだ神の如き存在。

剣の権化《ごんげ》。

小さな魔法使いがどれだけ速くても、立ち向かえるような相手では無い。

しかし、そんな彼の予想は再び裏切られる。

そこにあったのは本気を出した剣聖に対して一歩も退かずに戦闘を続ける小さな魔法使いの姿。

なんだ……何が起きている……？

頭の中が真っ白になった。

ただ、呆然と戦いに見入っている。

呼吸をすることさえ忘れている。

◆　◆　◆

目にも留まらぬ速度で交差する二つの影。

異次元の攻防。

観覧席を守るために張られた特別製の魔術障壁を強烈な衝撃波が叩く。

揺れる王立騎士団第一演習場。

誰もがその常軌を逸した戦いに目を奪われる中、第一王子ミカエル・アーデンフェルドが見ていたのはノエル・スプリングフィールドの僅かな変化だった。

(また変わった)

それはほんの小さな変化。

驚異的な速さで交わされる攻防の中でその違いに気づいた者がどれだけいただろう。

おそらく、ほんの極一部。

そして、彼女の持つ異常性に本当の意味で気づいたのも彼らだけだった。

（まただ。今までと違う）

戦いの中で変容する動き。

相手に合わせ、急速に洗練されていくその姿に、ミカエルは黄金の瞳を輝かせる。

王国史上最強の騎士と称えられる剣聖。

圧倒的に見えたその力に、さらに先があったのも驚きだったが、それに一歩も退かずに追随《ついずい》する姿は最早狂気の域に到達している。

（素晴らしい……俺の想定をも超えていくか、ノエル・スプリングフィールド……！）

それは彼にとって極めて希少で貴重な経験だった。

卓越した頭脳を持ち、未来視の力を持っているのではと噂されるほどにあらゆる物事を予見してきたミカエル・アーデンフェルド。

誰もがその傑出した才能を称える中で、しかし彼の中にあったのは決して満たされない退屈だった。

すべてが自身の予想を超えない日々。

そんな彼にとって、ノエル・スプリングフィールドの存在は極めて興味深いものだった。

未だ全容を測りきれない、底知れない才能と将来性。

（ルーク・ヴァルトシュタインにも感謝しなければいけないな。彼がいなければここまで剣聖の攻撃に耐え抜くことはできなかった）

歴代最速、最年少で聖金《アダマンタイト》級まで昇格した、一般には彼女以上にその将来を期待される天才。

彼が用意した高負荷トレーニングの貢献は間違いなく大きい。

（誇っていい。君たちは本当によく戦った）

ミカエル・アーデンフェルドは思う。

（だが、今の彼女では剣聖には届かない）

◇　◇　◇

観覧席でルーク・ヴァルトシュタインは、じっと二人の戦いを見つめている。

目にも留まらぬ攻防。

ただ息を呑むことしかできない観衆たち。

「苦しいな」

つぶやいたのは隣に座ったガウェイン・スタークだった。

「今の剣聖とあの距離でやったら俺でもどうなるかわからん。あの異常な対応力でも、勝利条件の五分が経過するまで凌ぎきるのは不可能だろう」

「あいつの力に気づいてたんですね」

「最初にあいつと手合わせしたのは俺だ」

ガウェインは言う。

「さすがに、剣聖相手にここまでついていくとは思ってなかったけどな。王子殿下が評価するのもわかる。あと十年もすれば勝機もあっただろうが」

一見すれば互角に見える攻防。

しかし、ほんのわずかな精度の違いが埋められない力の差として二人を分けていた。

現段階で勝てる可能性は絶望的なまでに低い。

それはルーク・ヴァルトシュタインも戦う前から知っていることだった。

「そもそも、五分間という時間設定に無理があるんですよ。あのハイペースで持つわけがない。時間が経てば経つほど魔法使いが不利になる」

魔法使いは、騎士に比べ持久戦において不利になりやすい。

体力を同じだけ消耗した場合、魔力が消耗する分魔法使いは、戦闘開始時よりも力を制限された状態で戦うことになるからだ。

そこまで見越しての《魔封じの腕輪》――高負荷トレーニングだったわけだが、しかしあまりにも相手が悪すぎた。

剣聖の動きは戦闘開始時から時間経過と共に鋭さを増している。

あれでは、制限時間まで凌ぎきることはまず不可能。

身体はついていけたとしても、失った魔力の差が埋められない。

「最初から勝たせる気なんてないんです。剣聖相手にある程度戦えればそれでいい。王の盾《キングズガード》に選抜するだけの実力があると示すことがこの戦いの目的でしょうから」

「善戦して負けるのが王子殿下の用意した理想的なシナリオ、と」

「そういうことです。七百戦無敗の壁はあまりにも高い。普通に考えれば、まず勝てないのはわかりきっている」

ルークは言う。

「でも、生憎《あいにく》あきらめが悪いんですよ。僕も、あいつも」

その言葉に、ガウェインは口角を上げた。

「何か策があるわけか」

「時間での勝ちが望めない以上、正面から倒して勝つしかない。僕とあいつの持っている力を最大限活かして一度きりのチャンスにすべてを懸ける」

ルーク・ヴァルトシュタインは言った。

「ここからが本当の挑戦です」

◇　◇　◇

音を置き去りにして交差する攻防。

時間が経つにつれ、鋭さを増す剣聖の攻撃。

次第に限界が近づいてくる。

状況は、私に王宮魔術師団で働き始めた日のことを思いださせた。

《血の60秒》。

ガウェインさんとの手合わせ。

『あくまで新人の力試し。耐え抜けば合格なのに、勝ちたくなって倒しに行ったでしょ、君』

剣聖を倒すための特訓中、ルークは言った。

うう……若気の至り……。

思いだして目をそらしつつ私は答える。

『そりゃ分不相応かもしれないけどさ。でも、戦うならどんなに格上が相手だろうと全力で勝とうとするのが心意気というか』

『いいよ。それでいい』

『え？』

驚いた私に、ルークは言った。

『僕がチャンスを作る。君はその一瞬にすべてを懸けて、全力で勝ちに行ってほしい』

最後の作戦を伝えてから続けたんだ。

『ノエルなら勝てる。二人で勝とう』

あのルークにそんな風に言われるなんて。

昔は犬猿の仲で、お互い『あんなやつ大嫌い！』って感じだったことを思うとなんだか感慨深い。

そう。

私は一人じゃない。

自分の力だけじゃ届かない相手でも二人ならきっと超えられる。

剣聖の猛攻に私は後退する。

魔力と体力を消耗し、押し込まれる。

そういう演技。

誘い込むのは、剣聖が最初に私を吹き飛ばして崩壊させたフィールド外縁部。

地面がめくれあがり、崩落した壁の一部が転がっている。

これだけ派手な攻撃を受けて、一切の被害なく機能している魔術障壁がありがたい。

おかげで、何も考えず思いきり魔法を放つことができる。

今まで以上に不安定でバランスを取るのが難しい足場。

しかし、剣聖の攻撃にはほんの少しのブレもない。

おそろしく強い体幹。

一切の妥協なく鍛え抜かれた肉体。

やっぱり本物だ、とうれしくなる。

この人はきっと、自分のすべてを剣に捧げていて。

だから、こんなにも美しい。

動きのひとつひとつに、見とれて息ができなくなってしまいそうなくらい。

近づきたいと思う。

追いかけたい。

私もこんな風になりたいんだ。

自分の大好きなものに純粋に打ち込んで、誰かを感動させられるくらいすごい魔法使いになりたい。

地方の魔道具師ギルドでも役立たず扱いだった私には過ぎた願いかもしれないけど、それでも

《突風《ウインディ》》
風属性の下級魔法。
吹き上げる強い風には、攻撃と呼べるような力は無くて。
だけど、ルークの狙いは相手の視界を遮ること。
崩落したフィールドの粉塵が巻き上がって、剣聖の視界を遮る。
続けざまに起動する魔法式。
《重力風《グラビティストーム》》

上級魔法。

吹き下ろすすべてを押しつぶす風。

普通の人では立っていられない強烈な風が剣聖の身体を地面に叩きつける。

「――――」

しかし、剣聖の身体は揺らがない。

知っている。

でも、崩落したフィールドの足場は別だ。

身体が沈む。

剣聖の両脚が地面に縫い付けられる。

ここしかないことが本能的にわかった。

王国史上最強の騎士を倒す千載一遇の勝機。

その一瞬に自分のすべてを込めて前に出る。

地面に足を縫い付けられた状態で、しかし剣聖の攻撃は私の想像よりはるかに速かった。

神速の一閃。

今までのそれよりもさらに速い一振り。

だけど、この戦いで私は何度もその剣を見てる。

とても対応できない一撃も、この状況なら反応できる。

——かわせる。
鼻先で一閃を回避する。
背後に回り込んで、魔法式を起動した。
重ねた強化魔法は七重。
使えるすべての魔力を注ぎ込む。
私に今できる最大火力。
ルークが作ってくれた勝機。
一人ではとても敵う相手じゃなくて。
だけど、二人なら超えられる。
そう信じて——その一瞬に、今までの全部を叩き込む。

《烈風砲《ウインドブラスト》》

炸裂したのは巨大な風の大砲。
まくれ上がり破砕する床石。
閃光が視界を染め、衝撃波が身体を殴りつける。
やがて、粉塵の向こうから覗いたのは巨大なクレーターだった。

自分に今できる最高の魔法。

そう胸を張って言える出来だったと思う。

だけど粉塵が消えたその先――剣聖は巨大な大穴の真ん中に立っていた。

届かなかった、か……。

背後からの一撃に反応し、神速の一閃をぶつけて相殺した。

ダメージも少なくないみたいだけど、しかし戦える状態である時点で既に勝負は決していた。

すべてを注ぎ込んだ千載一遇の勝機で勝ちきれなかったのだ。

残っている魔力はわずか。

剣聖と戦うには絶望的な残量。

負けを悟って深く息を吐く。

「――見事」

瞬間、響いたのは悲鳴と歓声だった。

「おい、魔術障壁に亀裂が……！」

「ありえない……王の盾《キングズガード》の精鋭が用意した特別製の魔術障壁だぞ……」

「止めろ！　至急戦いを止めろ！」

騒然とする運営の人たち。

え？

本当に？

私の魔法がこのすごい魔術障壁に亀裂を……？

信じられない気持ちで立ち尽くす。

予想外の状況に沸く観客席。

慌てて走っている運営の人たちが視界に映る。

その中には責任者の貴族さんの姿もあって、思わず笑みがこぼれてしまった。

『みんな君じゃ相手にならないのは知ってるから。ただ立っていてくれればそれでいいよ。大丈夫』

少しはびっくりさせることができたみたい。

勝つことはできなかったけど。

でも、《無敗の剣聖》相手に負けなかった人も今までいなかったはず。

まだ早いってことだよね。

考えてみれば当然か。

私はまだ一年目の駆け出し王宮魔術師なのだ。

最強の参謀と二人がかりでも、届かないのは当たり前の話で。

でも、いつか届く。

きっと届く。

根拠はないけれど、なんだかそんな風に思ったんだ。


「よくやった！　よくやったぞノエル！」

「助かった！　これで戦犯扱いされずに済む！」

「ありがとな！　本当にありがとな！」

試合が終わった後、私は先輩たちにもみくちゃにされることになった。

引き分けのはずなのに、まるで勝ったかのような盛り上がり。

それだけ、剣聖相手に負けなかったのが誰も予想していない大戦果だったということだろう。

私が演習場の魔術障壁に亀裂を入れちゃったせいで、運営の人たちはいろいろ大変だったみたいだけど。

それも、近年稀《まれ》に見る盛り上がりを見せた御前試合の印象的な出来事として好意的に受け止められた様子。

「戦犯にならずに済んだ礼だ。なんでも奢ってやるよ」

「ほんとですか！」

連れて行ってくれたのは王都にあるステーキで有名なお店。

お高いお肉をご馳走《ちそう》になって私は幸せいっぱい。

たくさん食べて楽しい時間を過ごした。

ああ、赤身に雪のように散る霜降り！

なんでこんなにおいしいのっ！

とろとろのお肉が消耗した身体に染み渡っていくのを感じる。

「追加お願いします！」

「ま、まだ食べるのかお前……」

「え？　まだ腹四分目くらいですけど」

「………………」

何より、私の頬をゆるめてくれたのは自分の魔法が剣聖にも通用していたという事実だった。

剣聖は雲の上を通り越して遥か彼方の存在。

小さい頃から知っている王国史に名を残す偉大な騎士。

思いだしても信じられなくて、夢でも見てたんじゃないかって疑ってしまいそうになるくらい。

……いや、むしろこれ本当に夢なのでは？

「お前って変に自己評価低いところあるよな」

そう話すと、先輩はやれやれ、と笑って私に言った。

「練習の時からできるやつだとは思ってたけど、今日のは本当にすごかったよ。剣聖相手に一歩も退かず最後まで勝ちを目指して前に出てた。俺も魔法に人生の多くを捧げてる一人だからわかる。お前が、どれだけ多くの時間を魔法に注ぎ込んできたのか」

先輩は続けた。

「もっと自分を認めてやってもいいんじゃないか？　少なくとも、俺はお前のことすごいやつだと思ってるよ」

そんな風に言ってもらえると思ってなくてびっくりする。

王宮魔術師団に来る前は、役立たずとか、才能ないとか、ずっと言われてたから。

褒めてもらえることも増えたけど、まだ慣れなくて。

本当に私のことなのかなって信じられずにいる自分もいて。

でも、だからこそうれしい。

王宮魔術師団に入れてよかったと心から思う。

あそこで拾われてなかったら、こんな気持ちには出会えなかっただろうから。

拾ってくれたあいつに感謝しなきゃ。

今はここにいないあいつのことを思いだす。

二人で勝ち取った引き分けでしょ、と何度も誘ったのだけど、用事があるらしくルークは来られなかったのだ。

折角奢ってもらえるチャンスだったのに、勿体《もったい》ない。

そういえば、いったい何の用だったんだろう？

ルークが私の誘いを断るのも、思えばあまりないことのような気がするし。

幸せな時間の中で、ふと首をかしげる私だった。

◇　◇　◇

同時刻。
ルーク・ヴァルトシュタインは正装に着替え、鏡の前で襟元を整える。
戦場に向かうような面持ちで向かったのは大王宮。
庭園を歩きながら、彼女と踊ったことを思いだす。
まるで世界に二人きりみたいに感じた夜のこと。
小さな手。
弾んだ声。
息づかい。
あたたかい体温。
それは他の何にも代えられない幸せな時間だった。
彼女の隣にいられるなら、どんなことでもする。
そう心から思ってしまうくらいに大切な存在で。
抱える『危うさ』に自分でも気づきながら、それでも他の気持ちを僕は知らなくて。

だから、失敗は絶対に許されない。

「お待ちしておりました、ルーク様」

恭《うやうや》しく頭を下げる執事長。

舞台を用意したのは自分だ。

内通している貴族に作らせた対外的には存在しない会談。

準備は想定していたよりずっと順調に進んだ。

難航することを予期し用意した次善策はすべて使われることなく終わった。

望んでいたとおりの状況。

しかし、そこにある作為の気配に彼は気づいている。

おそらく、ここまでは向こうも望んでいた展開。

こちらの意図を理解した上で、正面から向き合おうと言うのだろう。

一介の魔法使いではとても太刀打ちできる相手では無い強大な存在。

第一王子殿下——ミカエル・アーデンフェルド。

「それでは、始めようか」

しかし、怖いとはまったく思わなかった。

それはきっと、格上の相手にも臆さず立ち向かう誰かの姿をずっと傍で見てきたから。

現実主義で長いものには巻かれるのが本来の自分の気質で。

だから、無鉄砲さも勇気も、君からもらったもの。
怖いのは、彼女の傍にいられなくなることだけ。
隣にいるためなら、どんな相手にだって立ち向かう。
会談が始まる。

# 幕間　クイーンズ・ギャンビット

その人を初めて見たのは、連れて行かれた王国勲章授与式典でのことだったと思う。

当時の僕は幼く、そしてその人もまだ大人と呼ばれる年齢では無かった。

周囲の大人たちがたじろぐほどの落ち着きで求められた役割を完璧にこなすその姿。

細部まで完璧にデザインされた美しい所作には、どこか非現実的なものが混じっているように感じられた。

人間ではなく、その上の領域にいる高次の存在のような。

神か、天使か、あるいは悪魔のような。

現実感が喪失するほどの完全性と精度。

「あの方はお前の完成形だ。お前はあの方のようにならないといけない」

父は言った。

「なれなければお前の存在に価値はない」

◇　◇　◇

銀水晶のシャンデリアが辺りを照らす第一王子殿下の私室。

向かいに座るその人の姿に、ルークは一瞬呼吸の仕方を忘れた。

非現実的なまでに美しい所作と上に立つ者としての風格。

あの日、父が自分の完成形と評した存在が目の前にいる。

「どうだろう。話しながら一局」

テーブルに置かれた大理石のチェス盤。

その提案に、ルークはうなずいた。

今回の目的は王子殿下が主導するノエルの王の盾《キングズガード》への異動を阻止すること。

そのためにも、殿下の心証を良くしておいて損はない。

「私はこれが好きでね。グランドマスターは対局中何手先まで見通せるか知っているか？」

クローズド・ゲームの代表的な定跡《オープニング》――クイーンズ・ギャンビット。

オニキスを削って作られたポーンを前進させて王子殿下は言った。

「わかりません。二十手ほどでしょうか」

ルークは白のナイトで敵陣を牽制しつつ言葉を返す。

「答えは三手先も読めない、だ」

王子殿下は黒のナイトを前に進めて続けた。

「達人同士の対局は互いに正解がわからない複雑で難解な局面を進む。不確実性に満ちた真っ暗な闇の中をもがくんだ。彼は言っていたよ。自分はチェスのことをまだ6パーセントほどしか理解できていない、と」

一手ごとに交わされる駆け引き。

対局は数年前に流行した定跡をなぞる形で進む。

「謙遜のようにも聞こえますが」

「いや、彼は本気で言っているんだよ。チェスというゲームの奥行きは人間の頭脳よりもずっと深い。わからない。だから面白い」

王子殿下のクイーンが前に出て、白のビショップを弾《はじ》き飛ばす。

「そしてそれと同じものを私は彼女に感じている」

王子殿下のクイーンが躍動する。

中央からにらみを利かせ、好位置で盤面を制圧する。

「私の下に来ることで彼女はさらに高みに到達することができる」

クイーン――

チェスにおいて、キング以上の強さを誇る最強の駒。

動きを封じ込めるべく四つの駒を利かせて対応するルーク・ヴァルトシュタイン。

「上手い対応だ。だが、その手は知っている」

それでも止めることができない。

見透かすように笑って王子殿下は言った。

「私を誘い込むか。さて、御前試合のように行くかな」

「何のことですか？」

「彼女の最後の攻撃。君の狙いは剣聖ではなく、演習場の魔術障壁だった。損壊《そんかい》させることで引き分けに持ち込む。見事なものだったよ。おそらく、あの場でそれに気づいたのは私くらいのものだっただろう」

「買いかぶりですよ。偶然です」

局面を懸命に読みながら、ルークは深く息を吐く。

王子殿下はまるで時間を使わず手を進めている。

力の差は明らかだった。

こちらの思考を隅々まで読まれているような錯覚さえ覚える。

……化物め。

完璧かつ完全な自身の完成品。

不完全な自分とは違う生粋《きっすい》の天才。

王子殿下のクイーンが、白のキングを守るルークを弾き飛ばす。

「チェック」

まるで最初から正解を知っているかのような踏み込み。

しかし、それが実際にその通りであることをルーク・ヴァルトシュタインは知っていた。

第一王子殿下はこの局面を経験している。

収集した膨大な量の棋譜の中には、彼がまったく同じ指し筋で敵を圧倒したものがあった。

だからこの右辺の部分図において、王子殿下のクイーンを止める術がないのをルークは知っていて。

しかし、それこそが彼の狙い。

収集した膨大な棋譜の中から見つけだした可能性。

「なるほど。見せたかったのはこれ、か」

——敗勢に見えた局面を一変させ、形勢を五分に戻す一手。

「敵陣最深部に到達したポーンはクイーンに変化する。僕は彼女が才能ある平民の少女から、凄腕の魔法使いに成長する姿を誰よりも傍で見てきました。たしかに、指揮する能力では殿下の方が上でしょう。ですが、僕は誰よりも彼女の才能を理解し、引き出し、導くことができる。その一点においては他の誰にも負けないと断言できます」

たしかに、才能では敵わない。

でも、才能との戦い方なら、誰よりもよく知っている。

複雑な局面の十一手先。

敵陣深くに侵入した成り上がりのクイーンとルークが、盤面右奥を制圧する。

今はまだそこにない未来の展開を盤面に提示し、ルーク・ヴァルトシュタインは言った。

「証明するチャンスをください。期待以上の成果をお約束します」

◆　◆　◆

「いかがでしたか？」

会談の後、執事長は王子殿下に言った。

「興味深かったよ。まるで別人みたいだった」

残された盤面を検討しながら言う王子殿下。

「別人、ですか？」

「彼は俺と同じ類いの人間だと思っていたのだがね。感情を排し、最も合理的な選択を続けて成果を上げ、歴代最速で聖金級《アダマンタイト》まで上り詰めた。冷血《コールドブラッド》なんて呼ばれることもあるヴァルトシュタイン家の最高傑作」

くすりと微笑して王子殿下は言う。

「それが、どういうことだ。まるで別人じゃないか。失いたくない、負けたくない。全身から気迫がにじみ出ていた。人というのは立場と状況でかくも変わるものなのだね。特に最後の攻防。あれは見物だった」

王子殿下は盤面を再現しつつ続ける。

「彼はこちらのキングではなくクイーンを取りに来たんだ。よほど彼女を失いたくないのだろうね。負けず嫌いというか何と言うか」

「たしかに、聞いていた彼の人柄とはまったく異なりますね」

「彼女を連れてきたのも、上に行くための点数稼ぎだと思っていたが、どうやらそういうわけでもないらしい。むしろ、彼女の方が本命か」

王子殿下は口角を上げる。

「機会を与えるのも面白いかもしれないな」

「よろしいのですか？　早く手元に置きたいとおっしゃっていましたが」

「彼女が王の盾《キングズガード》に来るのは既定路線だ。急ぐ必要があるわけでもない。もっとも、彼はそれもひっくり返そうとしてるんだろうけどね」

形の良い指で盤上のルークを撫でて言った。

「さて、何を見せてくれるのか。お手並み拝見かな」

# 第4章　最高難度迷宮と死者の王

王宮魔術師団本部。

三番隊隊長を務めるガウェイン・スタークが執務室にルーク・ヴァルトシュタインを呼び出したのは王子殿下との会談が行われた翌日だった。

「お前、第一王子殿下に大見得切ったらしいな」

会談についてはガウェインにも伝えていなかった。

少し後ろ暗いものを感じつつ、ルークはうなずく。

「すみません。勝手なことをして」

「いいよ。お前がやりたいようにやればいい。それだけ譲れないことなんだろ」

まるで気にしていない声色。

それから、真剣な顔で続けた。

「当てはあるのか」

その言葉に、ルークは少し迷う。

人に頼るのは苦手だ。

自分でできることは自分で処理するし、自分にできないことはできるようになるまで努力する。

ルーク・ヴァルトシュタインはそうやって生きてきた。


一番でなければお前に生きている価値はない。


厳格な父の教えは、呪いのように彼の中に残っている。

だからこそ、変わらなければいけない気がした。

誰にも頼らず一人で生きていた自分の前に現れた大切な存在。

隣にいるためなら、どんなことでもすると決めた。

だったら、父の残滓《ざんし》になんて左右されているわけにはいかない。

少しずつでいい。

人に頼れる自分になろう。


『ねえねえ、ルーク！　ちょっと教えて欲しいんだけどさ』

あいつがいつもやっているように。

「少し、相談に乗ってもらえますか」

慣れない様子で言ったルークに、ガウェインはうなずいた。

慎重に自身の考えを伝える。

現状のプランに不足があることを誰よりも自分自身が自覚していた。

できれば心の中にとどめておきたかった不完全なプラン。

それでも、彼女の隣にいるためなのだ。

可能性があるなら、手段を選んではいられない。

「国別対抗戦、か」

ガウェインは言う。

「各国を代表する魔法使いが戦う世界規模の大会。たしかに、実力を示すにはこれ以上無い機会だろう。出場できれば、だが」

ルークを一瞥して続けた。

「無理筋だ。平民出身のあいつが代表選手になるには、他の連中より多くの成果が必要になる。歴代最速に迫る早さで昇格を続けているとは言え、まだ一年目だ。間違いなく王党派の貴族連中に潰される」

「わかっています。反対意見を抑え込み、国別対抗戦に彼女を出場させるには、今の実績では届かない」

「早急に実力を証明する機会が必要と」

それから、ガウェインはルークの耳元で続けた。

「これは王宮の中でもまだ数名しか知らない機密だ。お前を信用して伝える。いいな」

重要な何かを伝えようとしていることが感覚的にわかった。

うなずくルークに、ガウェインは言う。

「御前試合の結果、あいつの存在はさらに大きなものになりつつある。革新派貴族の中には、ノエル・スプリングフィールドという魔法使いを高く評価する者もでてきた。そんな中で、国王陛下もあいつに興味を持っているらしい」

「陛下が……」

驚いてから、納得する。

剣聖相手にあれだけの戦いを見せたのだ。

興味を持つのも自然なこと。

それはひとつの可能性として御前試合の時点で想定していたことでもある。

「王国の中でお前たち二人がさらに高く評価される存在になれば、王子殿下と言えど簡単には動かせなくなる。相棒《バディ》として並び立つことで単純な足し算以上の力を発揮できると証明しろ。そして、それを示し、国別対抗戦への選抜にも繋がる可能性がある事象にひとつ心当たりがある」

ガウェインはルークに視線を向けて続ける。

「最高難度迷宮のひとつ、ヴァイスローザ大迷宮。その七十九層が攻略された」

その言葉に、ルークは息を呑む。

ヴァイスローザ大迷宮。

魔物が生息する未開拓地に位置するその迷宮は、近隣諸国から最高難度迷宮として指定されている。

発見されてから千七百年。

未だに攻略されていない未踏迷宮。

特に七十九層の階層守護者《フロアボス》は常軌を逸した強さで、二十年もの間冒険者たちを阻《はば》み続けていたと聞く。

「七大未踏迷宮の八十層以降に人類が足を踏み入れるのは人類史において初の出来事だ。既に近隣諸国の精鋭たちが調査のために派遣されている。冒険者たちも世界中から集まり始めているらしい。国の上層部から候補者としてすぐに動かせる有力な魔法使いをリストアップしてほしいと言われてな」

「それに僕らを選んでくれる、と」

「いや。選ばない」

「え？」

「今回貴族連中の不手際で、初動で他国に出遅れているんだと。正式な手順なんて踏んでたら、さらに差をつけられてしまう。勝手に行って勝手に成果を上げてこい。後のフォローはこっちでなんとかする」

「いいんですか？」

瞳を揺らすルークにガウェインは言った。

「給料上がったらなんか奢れよ」

「なんでも奢ります」

深く頭を下げてから、ルークは早足で部屋を出る。

幾多の精鋭が集う最高難度迷宮の未踏領域。

隣にいることで、他の誰にも負けない成果を上げられることを示すために。

ルーク・ヴァルトシュタインは戦場に向かう準備を開始する。

◇　◇　◇

「極秘の仕事だ。ヴァイスローザ大迷宮の未踏領域を調査する」

ルークの言葉に、私は思わず息を呑むことになった。

ヴァイスローザ大迷宮と言えば、知らない人はいない最高難度迷宮のひとつ。

その未踏区域——千年以上もの間誰もたどり着けなかった八十層なんて、世界中の人たちが注目するそれはもうすごいところのはずなのに。

その上、私の胸を高鳴らせていたのはそこにあるひとつの可能性だった。

「……一生遊んで暮らせるような値段の迷宮遺物とか拾っちゃう可能性もあるよね」

「うん。あるかもしれない」

「大金持ち……毎日三食ステーキを食べて唐揚げとハンバーグもつけられちゃうかも……！」

「それがつけられて喜ぶのは君だけだと思う」

「やるよ、ルーク！　目指せ一攫千金！」

ロマンあふれるわくわくが止まらない大冒険！

こんなの、張り切らないわけにはいきませんとも！

早速家に帰って荷物の準備をする。

仕事で遠征することになったと伝えると、お母さんは瞳を揺らして言った。

「え？　あの方と二人で行くの？」

「そうだけど」

「すごいわ……これが恋愛上級者、愛されガールの力……！」

お母さんは感心した様子で言った。

「下着は一番良いのを着ていくのよ。いつもみたいに適当じゃなくて、ちゃんと上下揃えるの。って恋愛上級者だからわかってるとは思うけど」

だからそういうんじゃないんだって。

やれやれ、と肩をすくめつつ、動きやすい服を鞄《かばん》に詰める。

問題は、迷宮を調査する上で着ていく服だった。

王宮魔術師団の制服は人目を惹くし、冒険者さんたちの中では浮いてしまう。

郷に入っては郷に従えということで、迷宮に潜る場合冒険者用の服を着るのがひとつの常識になっているのだけど。

……これ、ちょっと大人向けすぎたんだよね。

買ってから一度も着ていない冒険者向けの服。

ニーナとダンジョンに行くときのために買ったのだけど、お給料が出た直後で舞い上がっていた私は、自分を完全に見失っていた。

――わっ、レティシアさんとかすごく似合いそうな大人女子向け冒険者服！

憧れの大人女子に近づける、と試着もせずに購入した私は、家に帰って鏡の前で頭を抱えることになった。

背伸びしてる感が出てるような……。

着ていくのめっちゃ恥ずかしいぞ、これ。

でも、学生時代に使ってたのを着るのもそれはそれで恥ずかしい。

何より、折角買ったお高い服を眠らせておくのは、勿体なさすぎる。

機能性も良いし、【耐久】と【耐火】と【状態異常抵抗】の魔術付与もついてるし。

恥ずかしいのはきっと最初だけ。

勇気を出して着ていると、馴染んでくるしみんな見慣れてくるものなのだ。

翌朝、強い決意の下、大人女子向け冒険者服を着て待ち合わせ場所に向かった私は、ルークの視線に一瞬で心が折れた。

「言わないで！　わかってる！　わかってるから言わないで！　そっとしてて！」

うう……めちゃくちゃ恥ずかしいぞ、これ。

長い付き合いのルークだからこそ、更につらいものがある。

絶対背伸びしたって思われた。

殺せ！　ひと思いに私を殺してくれ！

逃げだしたい自分を抑え込み、なんとか馬車に乗り込んだ私だった。

◇　◇　◇

手配した馬車でヴァイスローザ特別区へ向け出発する。

揺れる馬車の中で、ルーク・ヴァルトシュタインはこめかみをおさえて息を吐いた。

続かない会話。

その原因が自分にあることを彼は自覚している。

彼女の隣にいるために決めたヴァイスローザ大迷宮の調査。

そこに付随する事柄に彼が気づいたのは馬車を手配しているときのことだった。

（……これ、ノエルと二人きりで旅をすることになるのでは）

目の前の障害に必死で立ち向かうあまり、完全に見落としていた可能性。

気づいたときにはもう、事態は引き返せないところまで進行していた。

（どうりであの人、あんな顔を……）

話し合いの後、愉《たの》しげに笑みを浮かべていたガウェインの顔を思いだす。

（仕事にかこつけて二人きりの時間を作るとか……）

無自覚のうちにしてしまった自分の行動に頭を抱えてから、今回の旅における自身の方針を決める。

ひとつ。あくまで仕事なので、同僚として適切な距離を保つ。

ふたつ。信頼してくれる彼女を裏切らないよう、友人として適切な距離を保つ。

みっつ。とにかくなんとしてでも適切な距離を保つ。

自分のこともある程度大切にすると決めたとは言え、最も重要な事柄が彼女の幸せであることは変わりない。

傷つけないように、困らせないように、しっかりと自覚を持って行動しないと。

ただの友達、ただの友達、ただの友達……。
心の中で唱えつつ、到着した待ち合わせ場所。
現れたその姿に、ルークは固まった。
『言わないで！　わかってる！　わかってるから言わないで！　そっとしてて！』
必死で言う彼女は完全に取り乱していて。
助かった、と心から安堵する。
大人びた服で現れた彼女がいつもより綺麗に見えたなんて。
そんなの、悟られたら演技も計画も全部破綻してしまうから。
静かな馬車の中で、気づかれないように息を吐く。
……参った。
自分でもあきれるくらい、僕は彼女のことが好きらしい。

◇　◇　◇

馬車でアーデンフェルド国境を越え、未開拓地を北西へと進む。

ヴァイスローザ大迷宮までの道のりは長かったけど、自由に使える時間が多くあったという意味では私にとって好ましいことでもあった。

時間が無くて後回しにしていた魔導書を読めたからだ。

楽しく読書を続けつつ時間を過ごす。

到着した迷宮都市ヴァイスローザは、外周を巨大な城壁が覆う城廓都市だった。

未開拓地に生息する魔物から街を守ってきた石造りの壁には、長い年月が作り出す独特の風格がある。

迷宮攻略に挑む冒険者たちと、彼らが落とすお金で生活する住人たち。

ある程度大きな迷宮には付き物の迷宮都市だけど、ヴァイスローザのそれは通常のそれとはまったく違っていた。

栄えているし人通りもすごく多い。

さすが、西方大陸における七大未踏迷宮のひとつに数えられているだけのことはある。

人類史において初めて最高難度迷宮の八十層が攻略されているということで、普段の三倍近い冒険者が集まっていると宿屋のおじいさんが教えてくれた。

「今空いているのは二人用の部屋がひとつだけじゃが、それでいいかい？」

ルークには別々の部屋を取るようかなり念を押して言われてたけど、空いてないのなら仕方ない。

手続きを済ませてから、渡されたメモを手に街で買い出しをする。

速やかに迷宮を攻略する態勢を整えるため、手分けして準備することになったのだ。

私の担当は宿の手配と買い出し。

しかし、この買い出しが想像以上に難航した。

普段の三倍近い冒険者が押しかけたことで街の魔道具店はとんでもない賑わい。

どのお店も気が遠くなるくらい長い行列ができている。

どこかに空いている穴場のお店があるはずだ、と探索を続けていた私だけど、七つめのお店を回ったところで心が折れた。

仕方ない。並ぼう。

列の最後尾を探しながらふと気づく。

このお店、小さいのに一段と列が長いような。

「早くしろ！　《攻略組》からのご依頼だぞ！　何時間並んでると思ってるんだ！」

「すみません！　あと少し！　あと少しだけお待ちください！」

涙目で頭を下げるのは、小柄な女の子。

どうやら、新人さんらしい。

仕事が回らなくて、かなり困っている様子。

「旧式、二世代前の魔術機構……こんなの教えてもらってないよ……」

他の人は何をしているのだろう。

こんな異常な忙しさのお店をこの子一人に任せるのは明らかに無理があると思うんだけど。

泣きそうなその子の手元を覗き込んで私は言った。

「動力部の機構がへたってるんだと思う。フローベル式魔術機構の術式構造は知ってる？」

「すみません、それもまだ……」

「新人さんには難しいもんね。貸して」

摩耗した動力部機構の一部を削って、新しい術式を刻んで補填する。

「え……？」

驚いた様子で吐息を漏らすその顔がうれしい。

前職でいろいろ鍛えられたからね。

仕事の速さにはそれなりに自信がある。

「他の人はいないの？」

「店長も先輩も、朝から体調を崩してて……」

それで一人でお店を任されちゃったわけか。

小さな魔道具店ならよくある話だけど、タイミングがあまりにも悪かった。

この繁忙期のお店にこの子一人というのは、どう考えても無理がある。

「列に並んで待つのも暇だし、手伝うよ」

私の言葉に、新人ちゃんは瞳を揺らした。

「い、いいんですか？」

「うん。困ったときはお互い様ってね」

「ありがとうございます！　店長に相談してきます！」

店の奥へ駆けていく新人ちゃん。

店主さんも状況は把握してるだろうから、おそらく許可は下りるだろう。

魔道具店でのお手伝いは、迷宮都市の情報収集にも繋がるはず。

よし、いっちょやりますか。

やる気十分で袖をまくる私だった。

◇　◇　◇

新人魔道具師、ミア・リンクスにとってそれは悪夢のような一日だった。

人類史において初めてとなる最高難度迷宮八十層への到達。

新たに発見された領域を攻略、調査しようとたくさんの人が集まり、迷宮都市は普段の三倍近い人であふれかえっている。

『咳と熱がひどくてな。なんとか行こうとは思ってるんだが』

同じ魔道具店で働く先輩が体調を崩したのはそんなときだった。

新人の自分にはわからないことばかりで、忙しそうな先輩に助けてもらっては、自分のふがいなさに心を痛めていたこれまでの日々。

ミアはせめてもの恩返しを、と思い言った。

『無理しないでください。大丈夫です。私、がんばります』

先輩がお休みなのはかなりの痛手だけど、無理をすると病状が悪化することにも繋がりかねない。

結果的にもっと事態が深刻化するかもしれないわけで、一日先輩の分の仕事も引き受けるという判断は間違ってなかったように思う。

想定外だったのは、店長に報告したときのこと。

『先輩、熱が出てて今日来られないみたいで』

そう伝えたミアに、店長は言った。

『すまん、俺も熱が……』

『え……』

『一日で治して、明日は絶対になんとかする。だからミア、今日だけ。今日だけ耐えてくれ』

『えええええ――――!?』

結果、記録的な繁忙期の現場を一人で回さなければならなくなったミアである。

持ち込まれる仕事はミアのスキルでは簡単に処理できないものばかり。

一生懸命作業するけれど、店先の列はどんどん長くなる。

お昼休みなんて取れるわけがない。

ごはんを食べずに作業を続けて、それでも状況は悪化する一方。

「早くしろ！　《攻略組》からのご依頼だぞ！　何時間並んでると思ってるんだ！」

「すみません！　あと少し！　あと少しだけお待ちください！」

何度も頭を下げながら、ミアは泣きそうだった。

待たせてしまっているのが申し訳なくて、
だけど自分の力ではどうすることもできなくて。

いっそ、倒れたら楽になれるのかな。

そんなことを考えていたそのときだった。

「動力部の機構がへたってるんだと思う。フローベル式魔術機構の術式構造は知ってる？」

言ったのは一見子供のような小柄な外見のお客さんだった。

「すみません、それもまだ……」

「新人さんには難しいもんね。貸して」

魔術機構を修繕する、その手際の鮮やかさにミアは言葉を失った。

（あの複雑な術式をあっという間に……）

この系統の機構は魔法使いが専門とする別分野の知識も必要で、熟練の職人さんでも簡単にはできないはずなのに。

呆然と見つめるミアに、にっこり笑ってその人は言った。

「列に並んで待つのも暇だし、手伝うよ」

それから、その人の仕事ぶりは、尋常な魔道具師のそれとはまったく違っていた。

早送りのような規格外の作業速度。

（うそ、固有時間を加速させる魔法……？）

時間を操作する魔法なんて魔法使いの中でも使える人は極一部のはず。

それでいて、細かな動きや所作にもまったく無駄がない。

絶対的な量と反復が生み出す洗練された動きは腰掛けで身につけられるものとはまったく違う。

この人は魔道具師なのだ。

そして、魔法使いとしても多分、常人をはるかに超えた力を持っている。

（この人、いったい……）

ひとつだけわかることがある。

私は今、多分すごい人と一緒にお仕事をしている。

◇　◇　◇

「本当にありがとうございました！」

魔道具店のお手伝いを終えた後、新人魔道具師のミアちゃんは何度も頭を下げて言った。

「すごく良い経験になりました。知らないこともたくさん教えてもらって」

思っていたよりずっと感謝してくれて。

お手伝いして良かったな、と胸があたたかくなる。

そんな大したことは全然していないのだけどね。

仕事量自体も前職のそれに比べたら、そこまで多くなかったと思うし。

「また来てくださいね！」

手を振り合って、ミアちゃんと別れる。

良い魔道具師になってほしいな、と思った。

自分の新人時代を思いだす。

とにかく大変で、家に帰ることさえできなくて。

目が回るような日々だったけど、それも思い返すとなんだかなつかしい。

あそこで限界以上の仕事をしていたのが、魔法使いとしてのスキルの向上には繋がっている気もするし。

とはいえ、やっぱりあの労働環境は絶対に間違ってると思うけど。

そんなことを思いつつ、ルークと合流して夜ごはんを食べる。

迷宮都市の冒険者ギルドに隣接した大衆食堂。

「おかわりお願いしますっ！」

「……まだ食べるの、君」

「モツ煮込みは別腹だから！」

明日の迷宮探索に備えて、大満足の夜ごはんを堪能してから取っておいた宿へ。

「良い部屋だね。で、僕の部屋は？」

ルークは二人部屋の内装を眺めつつ言った。

どうやら、他に自分の分の部屋を取っているんだと思っている様子。

「それが申し訳ないんだけど一部屋しか空いてなくてさ」

「え？」

困惑するルークに、私は言った。

「だから、ルークもこの部屋なんだけど」

◇　◇　◇

とんでもないことになってしまった。

平静を装いつつも、ルーク・ヴァルトシュタインは未だかつて無い動揺と混乱の中にいた。

幼い頃から誰よりも多くの時間を魔法に注ぎ込んできたルークにとって、友人と同じ部屋で寝泊まりするのは初めての経験。

しかもそれが、本当はずっと前から好きだった想い人なのだから、動揺するなと言うこと自体無理がある。

（落ち着け。あくまで友達として、普段通り）

彼女に背を向け、荷物を出すふりをして心を落ち着かせる。

「友達とお泊まり久しぶりだー」

後ろから聞こえる脳天気な声。

髪飾りを外すそれだけのことで、心が騒いで仕方なくなる自身の弱さを呪う。

「ルークは友達とお泊まりってどれくらいぶり？」

動揺が外に出ないよう意識して口を開く。

「覚えてないな。したこと自体ないかも」

「あー、ルークの家厳しそうだもんね。大貴族の家の子だとそういうのも許されないか」

彼女は隣のベッドでごろごろしながら言う。

「仕方ないね。友達とのお泊まり上級者の私が、正しいお泊まりの作法を教えてあげよう」

「正しいお泊まりの作法？」

そんなものあるのだろうか。

いったいどんな作法だろう、と振り向いたルークに彼女は言った。

「魔法クイズゲーム！　いえーい！」

「……クイズゲーム？」

「うん。友達同士でお泊まりする場合、寝るまで魔法クイズゲームをして遊ぶのが正しい作法なの」

「……それ、君がしたいだけでは」

「おやおや、私に負けるのが怖いのかな？」

ムカついたので、全力で勝ちに行くことにした。

興味のある分野では誰にも負けない深い知識を持つ彼女だけど、その知識にはいくつかの穴がある。

そしてその弱点については多分、この世界で誰よりも僕は詳しい。

ずっと、ずっと見てきたから。

「バカな、こんなはずじゃ……」

「僕の勝ち。じゃ、おやすみ」

「もう一回！　もう一回勝負！」

負けず嫌いな彼女は勝つまでやめようとしなくて。

やれやれ、と付き合ってあげながら、本当は求められることがうれしくて。

君の瞳に僕が映っている。

すぐ傍で名前を呼んでくれる。

それだけで、僕はもう他に何もいらないくらいに幸せで。

だけど、どこかで気づき始めている。
そんな時間にも、終わりの時が近づいていることを。
剣聖との御前試合で、彼女はさらに注目を集める魔法使いになった。
王国の頂点に立つ国王陛下も彼女に関心を持ち始めている。
開花し始めた才能と可能性は、僕から彼女を遠ざけようとしていて。
それでも、あきらめてなんて絶対にやらない。
手を伸ばすんだ。
他の何よりも大切なたったひとつ。
「おやすみ、ノエル」
疲れて眠った彼女に布団をかけてから、魔導灯の灯りを消す。
己の価値を証明しろ。
君の世界にいるために。
迷いは無い。
覚悟は最初からできている。
傍にいるためならどんなことでもする。
初めからそう決めている。

◇　◇　◇

迷宮都市ヴァイスローザでの情報収集。

その結果、見えてきたのが《攻略組》と呼ばれる大規模チームの存在だった。

「《攻略組》からのご依頼で」

「今日は《攻略組》の方が来てくださって」

「あれは《攻略組》が——」

街の至る所で耳にしたその名前。

「どういうものなの？」と聞いた私にルークは教えてくれた。

「迷宮都市最上位の冒険者が作った連合チームだ。二十年に渡って幾多の冒険者を阻み続けた七十九層の階層守護者《フロアボス》を打ち倒すために結成されたものらしい」

二十年もの間、冒険者たちの夢を打ち砕いてきたあまりにも高すぎる壁。

強大な敵を打ち破るため、《攻略組》はいくつかの革新的試みを大迷宮に持ち込んだと言う。

三十八層と五十九層、七十五層に探索基地《ベースキャンプ》を作り、迷宮内で休息と補給ができる環境を整備。

チーム内で情報を共有し、消耗が少なく進行できる最良のルートを研究。

各階層に出現する魔物の統計を取り、その特徴に合わせた効果的な装備を製作。

入念な準備と徹底した合理化を推し進めた。

その結果、遂に二十年もの間誰も攻略できなかった七十九層の階層守護者《フロアボス》を打ち倒したのだと言う。

新しく発見された領域である八十層は小規模パーティーで攻略するには難易度が高すぎるらしく、《攻略組》に入らないと調査はできない様子。

「《攻略組》に入るにはどうすればいいの？」

私の言葉に、ルークは言う。

「選抜試験をクリアして実力を証明すれば仲間として認められる。ただ、この試験が本当に難しい」

「そんなに難しいんだ」

「先日の試験では某国の筆頭騎士と宮廷魔術師長も不合格だったとか」

「え、嘘でしょ……？」

そのレベルの実力者が不合格なんて、普通ならありえないと思うんだけど。

「単純な戦闘能力や魔法の技能に加えて、冒険者としての能力にも高いものが要求されるらしい。迷宮探索における練度の高さ——罠《わな》への対処法や想定外の状況への対応力も非常に高度なものが求められるんだって」

「ああ、なるほど。そこは冒険者じゃないと難しいところだもんね」

迷宮以外の場所では身につかない能力。

だからこそ、国や組織の中で成果を上げた凄腕の実力者でも落選してしまう狭き門。

「でも八十層を調査するには《攻略組》に入らないといけないんでしょ？　どうするの？」

「正面突破」

「え？」

「正々堂々真正面から試験をクリアして中に入り込む」

ルークは言う。

「試験内容は《攻略組》選抜試験のために作られた演習用迷宮の踏破だ。これが厄介な代物で、一線級の冒険者たちが一筋縄では対処できない悪辣《あくらつ》な罠を至る所に仕掛けている。合格率は1パーセント以下。簡単に乗り越えられる壁じゃない」

不敵に笑みを浮かべて言った。

「それでも、僕らならできる。そうでしょ？」

また無茶ぶりを……。

私は心の中で頭を抱える。

たしかに、王国史に名を刻むような天才のルークなら合格できるかもしれないけど、私にそこまでの力は――

いや、違う。

置いて行かれてなんてやらないって決めたんだ。

前を行く親友に負けないために。

昔みたいに隣で張り合える私でいるために。

ルークが合格するのなら、私だってやらないと。

「任せて。絶対に負けてない成績を出してやるんだから」

最高難度迷宮の未踏領域を目指してこの地に集った精鋭たち。

そんな彼らでも極一部しか合格できない超難関試験。

問われている冒険者としての経験も知識も、明らかに私には足りてなくて。

それでも、あきらめるなんて選択肢はない。

負けたくないあいつが突破するって言うのなら、立ち止まってなんかいられないんだ。

《攻略組》選抜試験の舞台になる演習用迷宮は、迷宮都市中央に位置する彼らの拠点の地下にあった。

街の中心部から地下に広がる最高難度迷宮——ヴァイスローザ大迷宮。

その第一層を改造して作られた演習用迷宮は、私が知る迷宮とはまったく違う代物だった。

一目でわかるほどに異様で異常な空間。

明らかにおかしい魔素の流れに、私はため息をつく。

合格率が1パーセント以下というのもうなずける。

入り口から覗き見えるだけでも気が遠くなる量の悪辣な罠。

罠の精度をずらし、油断を誘っているからさらに性質《たち》が悪い。

おそらく、私が認識できたものよりずっと多くの罠が仕掛けられている。

入り口の前で自分の順番を待つ。

試験の参加者はみんな、経験も実績も豊富な手練《てだ》れ揃い。

自信に満ちた顔で入っていった屈強な熟練冒険者さんが、見るも無惨な姿で出てきたのを見て私は帰りたくなった。

絶対やばいってあの中……。

人間が入れるような空間じゃないから、あんなの。

一人なら、入る前から心が折れていたかもしれない。

それでも、私には立ち向かわなければならない理由があった。

周囲の冒険者さんたちから一斉に響くざわめきと歓声。

「おい、あいつ突破したって」

「あの若さでか？」

「いったい何者……」

声の先にいるのが誰なのか、目を閉じたままでもわかった。

嫌味なくらい優秀で、でも本当は誰よりも努力家で。

だけど、私だって負けてられないんだ。
「次、２７９番」
「はい」
声にうなずいて、入り口へと進む。
落ち着け。
心を研ぎ澄ませろ。
怖いとか失敗するかもとか、そんな感情はいらない。
すべきことだけ考える。意識を集中する。
あいつにだけは絶対に負けたくないから。
難関に向かう怖さよりも、置いて行かれたくない気持ちの方がずっと強いから。
私は前へ踏み出す。
選抜試験が始まる。

◆　◆　◆

演習用迷宮の上部に作られた一室。

特殊な魔法式が刻まれた隠し窓から、試験官を務める冒険者たちが参加者を見下ろしている。

「85番失格」

「127番失格」

「268番可能性あり」

彼らが測っているのは冒険者としての力量とスキル。

自分たちの仲間として加える価値があるかどうか。

張り巡らされた悪辣な罠に対する一挙手一投足が審査されている。

「今回の参加者も質が高いな」

中に入ってきたのは隻腕《せきわん》の男だった。

試験官を務める冒険者たちが男に一礼する。

「おはようございます、ダーリントン卿」

彼――ダーリントン卿は《攻略組》の後方支援室で長を務めている。

冒険者としては珍しく、高名な大貴族である彼は《攻略組》の中心人物の一人だ。

パトロンとして金銭的に組織を支えながら、必要な物資を調達しチームとしての戦力を増強していく。

それは三年前に負った大怪我で最前線で戦うことができなくなった彼にとって生きる目的とさえ言える事柄だった。

戦えなくなった絶望の先で見つけた大きな夢。

才に欠ける自身の肉体では成し遂げられなかった最高難度迷宮の完全踏破。

それを彼は、財力と自身の影響力を使って再び目指そうとしている。

「いつにも増して優秀な者が多い。残念だよ。これが六十層攻略への人員募集だったらよかったのだが」

「今回仕掛けた罠は七十五層の難度を想定しています。一線級の冒険者でも初見でクリアするのは至難の業ですから」

「突破できる者は一人いれば幸運な部類、か」

傑出したスキルと未知の状況への対応力が求められる超高難度の選抜試験。

クリアできるのは各地から集まってきた精鋭の中でも一握り。

自身が途中で脱落するとは夢にも思っていなかったのだろう。

放心する某国魔導師長の背中を見送ってダーリントン卿は深く息を吐く。

酷な課題であることは自覚している。

しかし、必要なのは即戦力だ。

力の足りない者を最前線に送れば、結果としてその者自身が取り返しのつかない傷を負うことになるのだから。

今はそこにない自身の右腕を見つめ、ダーリントン卿は言った。

「能力が届かない者は絶対に不合格にしろ。良いな」

「はい」

うなずく試験官たち。

そんな彼らの課す高い壁を一人の参加者が突破する。

「見事でしたね」

「おそらく、今日の合格者は彼だけだろうな」

ダーリントン卿は手元の資料に視線を落としうなずく。

ルーク・ヴァルトシュタイン。

王国史に名を残す稀代の天才という噂は伊達《だて》ではないということだろう。

裏を返せば、冒険者としての経験を持たない者となると、そこまでの実力者でなければ突破できない難易度だということでもある。

迷宮の入り口で一人の参加者が転んだのはそのときだった。

ノエル・スプリングフィールド。

ルーク・ヴァルトシュタインに見いだされ、相棒《バディ》を務めているという新人王宮魔術師。

しかし、先を行く彼に比べると彼女には決定的に欠けているものがあった。

それは経験――

多方面に渡り豊富な実績を持つルーク・ヴァルトシュタインに対し、ノエル・スプリングフィールドは王宮魔術師になってまだ数ヶ月。

経験の量は引き出しの数——すなわち状況への対応力に直結する。
才能も力もあるのだろう。
しかし、最高難度迷宮に挑むにはあまりにも場数が少なすぎる。
ダーリントン卿の予想は当たっていた。
小柄な彼女は受け身を取り損なって顔面から床に衝突。
「いたた……」と目に涙を浮かべている。
まるで間抜けな子供のように残念な姿。
彼女はここまでだろう。
そう思いつつ見つめていたダーリントン卿は、ひとつの事実に気づいてはっとする。
「あの床、魔法罠が仕込まれたものじゃなかったか？」
近くにいた試験官が答える。
「はい。床裏に刻まれた魔法陣が瞬時に対象を睡眠状態にするはずですが」
困惑しているのは彼も同じだった。
魔法罠が起動しなかったということだろうか。
同様の事象はその後も続いた。
彼女に対してなぜか魔法陣が機能しないのだ。
不具合かと思ったが魔法罠自体は正常に作動している。

一挙手一投足を注視していた彼らは、気づき始める。

そこにいる彼女の異常さに。

「まさか、起動するより早く魔法陣を無効化してる……？」

「ありえない。人間業じゃないぞ、そんなの」

「しかし、たしかに無効化術式の魔素反応が」

原理上可能なことではある。

問題はそれがあまりにも早く行われたということ。

固有時間を加速させての常軌を逸した反応と術式起動速度。

仕掛けられた無数の罠のほとんどにかかりながら、そのすべてを無効化し先に進んでいく。

異常な光景に誰もが言葉を失う中、一人の試験官が気づく。

「……動きがよくなってないか？」

仕掛けられた超高難度の罠に対して、急速に洗練されていくその動き。

的確に罠の急所を見抜き、目にも留まらぬ速度で対応していく。

「最初とは完全に別人……」

「おいおい、慣れてきたってレベルじゃねえぞ」

膨大な数の悪辣な罠が、何もできず一方的に無力化されていく。

呆然とする試験官たち。

静まりかえる部屋の中。

やがて、震え声がひとつ響いた。

「なんなんですか、あれ……」

そこにいたのは、彼らの常識では計り知れない異常な適応能力を持つ何かだった。

◇　◇　◇

「本日の合格者は278番と279番。以上」

よし！

無事合格を勝ち取って私は拳を握る。

絶対に落ちたくないという緊張もあって、慣れるまでは苦戦したけれど、最終的にはちゃんとできるところを見せられたように思う。

「ふふん、私にかかればこんなものですよ」

口ではそう言いつつも、内心は安堵感でいっぱいだった。

最初簡単な罠にかかったときはもう終わったと思ったもんな。

魔素の流れと術式構造から状態異常系の魔法陣だと見抜いて、咄嗟《とっさ》に無効化できたから失格にならずに済んだけど。

前日の試験で唯一の合格者だった教国の冒険者さんと一緒に説明を聞く。

補給を担当する冒険者さんたちと共に、早速《攻略組》のいる最前線——七十五層にある探索基地《ベースキャンプ》へと向かうことになった。

発見されて千年以上が経つヴァイスローザ大迷宮の探索ルートは、長い年月をかけ少しずつ整備されてきた。

三十八層、五十九層、七十五層に作られた三カ所の探索基地《ベースキャンプ》には迷宮内機構を利用した転移口が設置されている。

おかげで、当初は到達まで一ヶ月を要した七十五層まで、私たちは半日程度でたどり着くことができる。

「すごいですね。迷宮の奥深くにこんな町みたいなところがあるなんて」

感動して言った私に、

「そうですね。私も初めて見ました」

教国の冒険者さんは微笑んで答えてくれた。

今回新しく加わる合格者は三人。

しかし、この三人というのは難しい人数だ。

二人で話していたら一人余ってしまうし、ましてそのうち二人が友達同士となると残る一人は若干寂《さび》しい立場になってしまったりするもの。

なので気遣いができる大人女子な私は、意識して多めに話しかけるようにしていたのだけど、

「……あの、お連れの方が少し寂しそうにしてますよ？」

なんて苦笑しながら言われてしまった。

振り向くと、ルークは気にしてませんけど、みたいに目をそらす。

なるほど。

どうやら、こっちの方が寂しくなってしまった様子。

「やれやれ、大人なように見えて意外と子供なんだから」

肩を軽く小突いて言うと、

「違う。そういうのじゃない」

と言う。

強がっちゃって。

そんなやりとりもありつつ、《攻略組》の最前線に合流。

早速、大規模探索に参加することになった。

教国の冒険者さんも凄腕だったけど、他の冒険者さんたちもSランクのライセンスを持ったすごい人ばかり。

国を代表するような筆頭騎士さんや宮廷魔術師さんもいる様子。

さすがあの異常な難易度の試験を突破した強者たち。

場違い感がすごかったけど、一員として一緒に冒険する仲間としてはすごく心強い。

何より、これから攻略するのはヴァイスローザ大迷宮の八十層。

世界中が注目する最高難度迷宮の未踏領域なのだ。

果たして、どんな冒険とお宝が待っているのか！

目指せ一攫千金！

三食ステーキを食べて唐揚げとハンバーグとクリームチーズコロッケがつけられる夢の生活！

小さく拳を握って、胸を弾ませる私だった。

◆　◆　◆

「今回合流するのは三人か」

言ったのは《攻略組》総隊長を務めるSランク冒険者――ジェイク・ベルレストだった。

後方支援部からの報告を受け取った第二分隊長クルーウェルはうなずきを返す。

「本日合流した三人のうち、二人はアーデンフェルド王国の王宮魔術師。最年少昇格記録を更新し続けているルーク・ヴァルトシュタインとその相棒《バディ》であるノエル・スプリングフィールドとのことで」

クルーウェルは試験中、その参加者が見せたという異能の一端をジェイクに話す。

「なるほど。なかなか使えるやつらしい」

ジェイクはうなずいて渡された手紙と資料に目を通す。

情報を整理し、探索に向け準備を進めようとしたところで、クルーウェルが言った。

「既に戦力は八十層階層守護者《フロアボス》を攻略できるだけのものがあると考えます。他勢力が本格的に乗り出してくる前に攻略を開始するべきかと」

「何度も言っているだろう。ダメだ」

「七度に渡る調査の結果八十層の階層守護者《フロアボス》の力は七十九層より一割向上している程度であることが確定しています。対して、我々の戦力は七十九層攻略時より三割増し。交戦した先遣隊にも被害はほとんど出ませんでした」

「階層守護者《フロアボス》には苦境になると形態変化するものもいる。何が起きるかわからないのが迷宮探索だ。万全を期すに越したことはない」

「既に最終形態である第三形態まで脅威になるほどの力はないことが判明しています。攻略は可能です」

「どうしてそこまでこだわる」

ジェイクの言葉に、クルーウェルは我に返って口をつぐむ。

「申し訳ありません」

言って頭を下げる。

その姿をじっと見つめてジェイクは言った。

「お袋さん、よくないのか」

クルーウェルは押し黙る。

やがて、顔をうつむけたまま言った。

「……もう時間がないと連絡が」

ジェイクはクルーウェルが抱える事情を知っていた。

唯一の肉親である母親の手術費を稼ぐため。

庶民ではとても手が届かない高額な治療費を手に入れるために危険な迷宮の最深部に挑む。

そんな仲間の姿をジェイクはずっと見てきた。

部屋に沈黙が降りる。

やがて、ジェイクは言った。

「わかった。攻略を決行する」

「いいんですか？」

「勘違いするな。既に安全に攻略が可能な段階だと判断しただけだ。お前のためじゃない」

「ありがとうございます！」

何度も頭を下げるクルーウェルを追い払ってから、ジェイクは本格的な攻略に向けての作戦の最終確認をする。

予定外のことではあったが、準備が不足しているとは思わない。

クルーウェルの言葉は、客観的に見て正しいものだった。

仲間の中にも同様の意見を持つ者は多い。

高い確率で、ほとんど被害を出すことなく攻略を完遂することができるだろう。

しかし、にもかかわらずジェイクは一抹の不安を感じずにはいられなかった。

八十層の階層守護者《フロアボス》には何かある。

順調に進んでいるはずの攻略。

なのに、迷宮に誘い込まれているような感覚をジェイクは感じていた。

◇　◇　◇

準備を整えた私たちは、八十層の攻略に向け出発することになった。

七十五層の探索基地《ベースキャンプ》を出発し、下層へ降りていく。

最高難度迷宮の深層は、本格的な迷宮探索の経験がない私にとってはとても信じられない常軌を逸した領域。

かかれば最後、探索続行不可能な悪辣な罠が至る所に仕掛けられている。

出現する魔物も外なら災害指定の怪物揃い。

対して、《攻略組》の冒険者さんたちはさらにその上をいった。

的確な判断と対処で障害をあっという間に無力化していく。

そこにあるのは圧倒的な経験と反復。

彼らは毎日この地に潜り、探し出した経路における最善手を知り尽くしている。

どこが安全でどこが危険か。

最優先で処理すべき障害と、後に回しても処理できる障害の正確かつ迅速な判断。

さすが、史上最強と称される冒険者チーム。

「すごいな」とただただ感心しつつ後ろをついていく。

簡単な補助魔法と回復魔法をかけるくらいで、ほとんど何もせずに八十層への降下口に着いてしまった。

「ここで休息を行う。各自、出発に向け準備を整えるように」

七十九層の最深部。

開けたフィールドには激しい戦いの痕が残っていた。

二十年もの間、幾多の冒険者たちを退け続けた七十九層の階層守護者《フロアボス》。

外壁には、えぐりとられたような大穴が空いていた。

あの強固な壁にあんな穴を空けるなんて。

いったいどんな怪物がいたんだろう。

そんなことを考えつつ、配られたナッツを食べて栄養を補給する。

ナッツ類から得られるエネルギーは、穀物から得られるそれに比べて持続力があるのだとか。

食べた後、眠たくなりにくく集中力維持にもつながることから冒険者の間ではよく食べられているらしい。

薄味だけどこれはこれでおいしいなぁ、と食べていた私はひとつの事実に気づいて愕然とする。

「……これだけ？」

冒険者さんには普通の量らしいのだけど、いつも人より少し多めに食べている私にとって、配られたナッツの量はあまりにも少なすぎた。

三度の食事を何よりも楽しみに毎日を生きてるのに……。

ひどいよ……こんなのってないよ……。

絶望する私に、ルークはやれやれ、と鞄から何かを取り出す。

「これ、予備の食事だけど食べる？」

「神様ですかっ！」

反射的に目を輝かせた私は、しかし受け取ったパンを前に動けなくなる。

「どうかした？」

「いや、ルークが持ってきた予備を食べるのは申し訳ないというか。人のごはんを食べるほどひどいことってこの世にないと思うし」

「僕にとってはそこまでひどいことじゃないから大丈夫。そもそも、君がこうなるんじゃないかと思って持ってきただけだし」

「私、これからは一日に三回ルークの方を見てお祈りを捧げることにするよ」

「しないで」

冷たい目で言うルーク神を横目に、香ばしいパンを頬張る。

思えば、いつもルークに助けられている私だ。

王宮魔術師に誘ってもらえたのも、犯罪組織のアジトでも、剣聖さんと戦ったときも。

必ず駆けつけてきてくれて、力を貸してくれて。

本当に大切にしてくれるやさしい友達。

私は平民でルークは貴族なのにな。

それも名家の貴族だから、家のこととかいろいろとあるはずで。

平民の私と仲良くしてることをよく思ってない人もいるはずなのに。

多分ずっとは続かない私たちの関係。

いつか、私たちは別々の道に進んでいくことになる。

友達なのは変わらないと思うけど、今みたいに近い距離ではきっといられなくて。

だからこそ隣にいられる今のこの時間を大切にしたいな、と思った。

よし、パンをくれたルークのためにも良いところ見せちゃいますよ。

そう張り切って臨んだ八十層だったけど、今日の私はどうやら調子が出ない日らしい。

「な、何もできなかった……」

八十層最深部へと続く扉の前で白目を剝いて立ち尽くす。

《攻略組》の冒険者さんたちがあまりにも優秀すぎるのだ。

既に何度も探索しているらしく、手慣れた様子で罠や魔物に対処していくから、本当に何もする必要ないというか。

「そんな日もあるよ。大丈夫」

励ましてくれるルークにうなずく。

冒険者さんたちの士気は高く雰囲気もすごくいい。

私が何もしなくてもこれだけうまくいっているのだから、状況として良い状態であるのは間違いなくて。

悪い兆候なんて何ひとつない。

すべてが出来すぎなくらいにうまく進んでいる最深部への探索。

なのに、なんでだろう？

気を抜いてはいけない何かがその先に待っているような気がしていた。

西方大陸における最高難度迷宮のひとつ――ヴァイスローザ大迷宮。

八十層最深部。

不死王の玉座。

廃城のようなフィールドの奥に立つのは山のような体軀《たいく》を持つ八十層階層守護者《フロアボス》――骸蝕王。

おそらく、観測史上最高レベルのアンデッドだろうというのが《攻略組》が行った先行調査における結論だった。

召喚する死者の軍勢は雪崩のようにすべてを呑み込み、放つ魔法は一瞬で聖銀《ミスリル》の防具を蒸発させる。

地上に出れば、最低でも脅威度12以上の災害指定。

西方大陸最強の生物種である飛竜種さえ超える圧倒的な危険度。

しかし、生者を超越した怪物に対しても、《攻略組》の冒険者たちは有用な手段を持っていた。

綿密な調査と行動パターンの分析。

攻撃のひとつひとつに対し、最善の対処法と陣形を研究。

当初は絶望的にさえ思えた怪物も、情報が出そろった今では十分攻略可能な相手になっている。

武器を用いない第一形態の間に、補助魔法と陣形の整備を行い、味方が最も力が出しやすい状況を整える。

死者の軍勢を召喚する第二形態は、廃城の地形を利用して数的不利にならないことを意識しつつ迎撃。

最終形態である第三形態。黄金の魔法杖と人智を超えた魔力量による極大魔法は、当たれば即壊滅の常軌を逸した破壊力。

しかし、それもタイミングさえわかっていれば魔法障壁と迷宮遺物で対処することができる。

当初の予定通り順調に戦闘は進んでいた。

不死王の体力量は残りわずか。

あと数分もすれば、攻略は完了し人類史に新たな歴史が刻まれる。

悪い兆候なんてほんと、何ひとつなくて。

なのに、私はなぜか頭の隅に嫌な何かを感じている。

野山を駆けまわっていた頃に磨いた野生の勘というかなんというか。

あまりにもうまくいきすぎている感じがするんだ。

まるで、意地悪な迷宮の主に誘い込まれているような――

「気を抜くな。全員、最大限の警戒で当たれ。何かある」

言ったのは最前線で戦闘を指揮していた《攻略組》の隊長だった。

多分何か引っかかることがあったのだろう。

ヴァイスローザ大迷宮において最強と称される隊長の言葉に、そこにいた全員が警戒態勢を取る。

だから不意を突かれたわけじゃない。

むしろタイミングとしては幸運な部類だった。

不死王が宝剣を抜く。

迸《ほとばし》る黒い光の線。

空間さえ歪《ゆが》める人智を超越した魔力量。

あるはずのない第四形態――

後に《八十層の地獄》と語り継がれる最初の全体攻撃。

破壊の光がすべてを飲み込む。

咄嗟に魔法障壁《マジックバリア》を展開するけれど、耐えられない。

「ノエル――！」

意識が途切れる瞬間、すぐそばであいつの声が聞こえた気がした。


どれくらいの間意識を失っていただろう。

決して長い時間ではなかったはずだ。

数秒か、長くても数十秒くらい。

目を開けて、広がっていたのは絶望そのもののような光景だった。

一面に横たわる冒険者さんたち。

戦闘不能を免《まぬが》れた人たちも感情のない瞳をふるわせながら、虚空を見上げることしかできずにいる。

まるで、自分たちの物語が既に終わっていることに気づいてしまったみたいに。

身体を起こそうとした私は、もたれかかる重たい何かの存在に気づく。

力ない人形のようなそれは——大切な私の親友だった。

「……っ！　ルーク！　ルークしっかり」

回復魔法をかけるが意識は戻らない。

命に別状はないものの、戦闘続行はとても不可能なダメージ。

どうして……？

そんな言葉が頭の中をぐるぐる回っている。

たしかにすさまじい攻撃だったけど、ルークなら耐えられないものではなかったはずだ。

自分の身を守ることに集中して魔法障壁《マジックバリア》を張れば、こんなことには——

そこまで考えて、私はようやく気づく。

私が自分のために魔法障壁《マジックバリア》を張ったそのときに、ルークが何をしていたのかを。

自分のことは守らずに、私を庇《かば》って魔法障壁《マジックバリア》を展開したんだ。

「なんで……なんでそんな……」

声がふるえる。

許せないのは、守られることしかできなかった自分。
大事なときはいつも守られてばかり。
恩返ししたいなんて思ってるだけで、気づいたらまた助けられている。
悔しくて、
許せなくて、
耐えられなくて。
私はそっとルークの身体を横たえる。
「ありがと」
心を燃やすのは静かな怒り。
対等なライバルなんだろ。
だったら、今度は私がルークを守る番。
敵がどれだけ強くたって関係ない。
無理でもできる方法を探せ。
届かないなら届く私になれ。
ここで終わりになんて絶対にさせない。
決意を胸に、私は怪物と対峙する。

目の前にそびえ立つ八十層階層守護者《フロアボス》――骸蝕王。

おそらく、あの宝剣は最後の切り札だったのだろう。

生者を超越したその強さが、さらにもう一段階上昇している。

冒険者さんたちが心を折られるのも理解できた。

敵ははるかに格上。

まともに戦えば一瞬で戦闘不能にされてしまう怪物。

それでも、あきらめるなんて選択肢はない。

絶望的な状況には慣れている。

前の職場ではどう考えても無理なことだって、できるまでずっとずっとやっていたから。

今までの戦闘で行動パターンは頭に入っている。

戦闘能力が向上しているとはいえ、基本的な特徴そのものは変わらないはず。

弱点を徹底的に突き、長所を封じ込めて完封する。

隣にいる親友が得意とする戦い方。

時間を加速させ、放つのは全力の風魔法。

相手のモーションと動きの癖から、一番防ぎにくく力が出しづらい部分を狙って攻撃を集中する。

しかし、私にできる最善手も圧倒的な力を持つ怪物には通用しない。

宝剣の一閃。

一瞬で私の身体はフィールドの壁を三つ貫通して外壁に着弾している。

口の中でざらつく土の味。

見えなかったわけじゃない。

反応だってできていたはずだ。

だけど、想定外だったのはその異常なまでの斬撃の速度。

剣聖さんと戦った経験を活かし、予備動作を先回りで拾って反応して――それでも間に合わない。

人間であるがゆえの限界。

生物としての絶望的なスペックの差。

急所に撃ち込んだはずの魔法もまるで効いていない。

空間が歪んで見える常軌を逸した魔力濃度。

違う。

何もかもが違う。

ここまで何もできないなんて……。

痛感した。

分析も作戦もまるで通用しない絶望的な戦力差。

対抗する手段なんて、私は何ひとつ持ってなくて――

それでも、私は立ち上がる。

目の前の敵に向け地面を蹴り、渾身の風魔法を放つ。
多分敵にとって、まるで脅威にはなってなくて。
羽虫の体当たりくらいのものなのかもしれないけど、それでいい。
繰り返す。
何度も何度も粉々にされる。
積み重ねる失敗の山。
振り抜かれる宝剣の一閃。
受け身も取れずに外壁に叩きつけられる。
口の中の粉塵を吐いてから、私は口角を上げた。
——慣れてきた。
進んでる。
何よりその実感が私に勇気をくれる。
地面を蹴る。
放つ魔法は今までのそれよりも少しだけ強く怪物の右肩で炸裂した。

◇　◇　◇

ふるえる焦点の合わない瞳。

《攻略組》の第四分隊副長であるブルース・イグレシアスは目の前の怪物を呆然と見上げることしかできなかった。

ありえない。

あっていいわけがない。

人類史上最大で最強の冒険者チームがたった一撃で壊滅するなんて。

すべて順調に進んでいたはずだ。

先行調査によって行動パターンと弱点を分析し、最も危険な第三形態までほとんど被害を出さずに攻略を進めていた。

ミスはなかったし、不手際もなかった。

だからこそ、耐えられない。

信じられない。

こんなでたらめな強さ、存在していいはずが――

もし勝機があるとすれば、隊長だけだろう。

《攻略組》最強の総隊長――ジェイク・ベルレストならあの怪物に対しても十分に戦うことはできるはずだ。

しかし、その総隊長は先の一閃から自分たちをかばって、戦闘不能状態になっている。

ゆえに終わり。
崩落した廃城の入り口をブルースは見つめる。
もはや撤退することも叶わない。
(どうして……どうしてこんなことに……)
一面に横たわる仲間たち。
状況を受け入れられないブルースの視界の端に、怪物に挑む仲間の姿が映った。
子供のように小柄な新入りの女性魔法使い。
かなりの凄腕のようだが、それでも怪物との戦力差は絶望的だった。
何ひとつできず、弾き飛ばされて。
それでも、再び立ち上がり怪物へと向かう。
あまりにも無謀なその姿に、普段なら何を思っていただろう。
今は何も思わない。
あらゆる感覚が麻痺してしまっている。
深い絶望の中、焦点の合わない瞳で虚空を見つめるブルース。
しかし、魔法使いはあきらめない。
何度も何度も怪物へと挑む。
感情のない瞳で見つめていたブルースは不意に気づく。

彼女の動きが少しずつ変化していることに。

(——————え?)

なんだあの動き。

あんな動き、今までなかったはず。

変化は続く。

そのひとつひとつが目の前の敵に対し最適化されていることに気づいて、ブルースは絶句した。

はるかに格上の相手に対し、戦闘の中で自身を作り替えて対応する。

おおよそ人間業とは思えない常軌を逸した環境適応能力。

ありえない。

あの怪物に対してそんなことできるわけがない。

しかし、彼女の動きはさらに最適化されていく。

振り抜かれる宝剣の一閃。

人間が対処できるとは到底思えない神速の一撃。

それを、彼女は紙一重でかわしていた。

(…………………嘘、だろ)

目の前の光景を受け入れられず瞳を揺らす。

ありえない。

ありえるわけがない。

しかし、たしかに現実としてそこにある信じられない光景。

規格外の怪物に対し、臆さず食らいつく小さな背中。

ブルースは息を呑み、ただ見つめることしかできなかった。


《攻略組》第三分隊の回復術師《ヒーラー》であるSランク冒険者——アーノルドは一人でも多くの仲間を救おうと必死だったと述懐している。

彼がそれを見たのは、懸命に周囲の負傷者の手当に当たっていたときのことだった。

「…………なんだ、あれ」

規格外の怪物に対し、一人で立ち向かう小柄な魔法使い。

その常軌を逸した術式起動速度を呆然と見つめる。

とても人間業とは思えない。

いったい何をどうすればあんな芸当が……。

容易には受け止められない光景から彼を現実に引き戻したのは周囲に横たわる負傷者だった。

今すべきは、一人でも多くの仲間を救うこと。

彼女が時間を稼いでくれている。

総崩れになった戦線を立て直すことができれば、この絶望的な戦況にも希望があるかもしれない。

(頼む。一秒でも長く耐えてくれ)

一人の重傷者が意識を取り戻したのはそのときだった。

回復魔法による応急処置によって命に別状はないものの、戦闘続行不可能なダメージを受けている魔法使い。

ルーク・ヴァルトシュタイン。

あの彼女と一緒に《攻略組》に入ってきた王国で話題の天才王宮魔術師。

ルークは怪物と戦う彼女を見て瞳を揺らしてから言う。

「回復薬をください」

アーノルドはうなずく。

戦闘続行は不可能な重傷だが、意識が戻ったなら自力で少しでも動けるくらいまでは回復しておいた方が良い。

一際ダメージが大きな右大腿部と脇腹にポーションをかけ、彼は立ち上がる。

しかしうまくいかない。

力が入らないのだろう。

バランスを崩し、倒れ込む。

「無理に立たない方が良い。彼女が時間を稼いでくれている間に距離を取って――」

言いかけて、アーノルドは息を呑んだ。

「君、何を……」
「行かなきゃいけないんです」
蒼い瞳。
到底信じられない言葉。
一瞬絶句してから、アーノルドは彼を制止する。
「ダメだ。とても戦える状態じゃない」
額に浮かぶ大粒の汗は想像を絶する痛みが彼を襲っていることを示していた。
当然だ。
出血が止まらない背中と脇腹の傷口。
外から見てもわかるほどまで腫れた大腿部の骨折。
浅い呼吸を見るにおそらく肋骨も数本折れている。
まともに動けるような怪我ではない。
立ち上がれずに彼は倒れ込む。
それでもあきらめない。
動かない自分の身体を苦々しげににらみ、魔法式を起動する。
自身の身体に炸裂する電撃。
突然の自傷行為に困惑していたアーノルドは、その意図に気づいて絶句する。

（まさか、傷口を電撃で焼いて……）

傷口の表層を電撃で焼くことによる止血。

神経を麻痺させることでの痛覚の遮断。

異能の域まで達した術式精度が可能にする、尋常な治療とはとても呼べない対処法。

「やめるんだ。そんなことをすれば君の身体がどうなるか」

「大切なものがあるんです」

身体を引きずり、ルーク・ヴァルトシュタインは戦場へ向かう。

「今、あいつの隣で戦えないなら、僕の命なんて今日まででいい」


「無茶苦茶だ……あんなの、死にに行くようなもの」

廃城の壁によりかかるルーク・ヴァルトシュタインの姿に、一人の冒険者がそうつぶやく。

他の冒険者たちも考えは同じだった。

立っているのが不思議に思えるその姿は明らかに限界を超えている。

もはや、まともに魔法を放つことさえ不可能なはず。

怪物に対し、有効な何かができるとは到底思えない。

いったいどうして、そんな愚かな判断を。

既に尋常な思考能力を失っているのだろうか。

ルーク・ヴァルトシュタインは止まらない。

傷だらけの身体を引きずって絶望的な敵に向かう。


『ねえ、ルークは進路どうするの？』

そんな風に彼女に聞かれたのは、最上級生になった春のことだった。

王宮魔術師になる。

そう答えたルークに彼女は言った。

『マジか……さすが天才様』

自己評価が周囲とずれている彼女は、そんな風にびっくりしていて。

君も絶対なれるから、と強く勧めた。

『……そこまで言うなら私も目指してみようかな』

おずおずと放たれた言葉に、僕が内心拳を握っていたのは言うまでもない。

公爵家に生まれた僕と平民の彼女。

卒業すれば、今みたいに一緒にいることはできなくなる。

だけど、王宮魔術師として同僚になればもしかしたら――

『二人で一緒にお仕事とかできたらいいよね。話題の二人組って感じで大活躍みたいな！』

そんな甘く淡い未来を誰よりも僕が望んでいた。

立場が違う僕らが一緒にいられる可能性なんて考えたくないほど低くて。

それでも、傍にいたかった。

二人で競い合いながら試験勉強をして、『君たちなら合格できる』とお墨付きをもらって拳を打ち合わせて。

だけど、入団試験の日、彼女は会場にいなかった。

『お母さんが倒れちゃったんだって。だから――』

試験には首席で合格した。

入団してからも、ずっと一番だった。

絶対負けないって邪魔してくるあいつはもういない。

そのとき、気づいたんだ。

家柄も地位も名声も、僕にとっては何の意味もなくて。

すべてを捨てたって構わない。

ただ、君の傍にいたい。

僕の魂が望んでいるのは、それだけなんだって。

だから力尽くでつかみ取った。

手段を選ばず、つなぎ止めた。

君の隣にいられる時間を。

いつか終わりが来る今の関係。
望んだ結果にはならないかもしれない。
わかっている。
だからこそ、手を伸ばすんだ。
一秒でも長く君の隣にいるために。
考えろ。
先を読め。
自分のすべてを使って勝てる道筋を探せ。
できるのは今しかない。
今しかないんだ。
ルーク・ヴァルトシュタインは力を振り絞る。
痛みなんてもう忘れている。

◇　◇　◇

私とは次元が違う規格外の怪物との戦い。

持っているすべての力を振り絞ってなんとか食い下がっていた私だけど、それにもすぐに限界が来る。

そこにあったのは、単純な力の差。

最高難度迷宮の未踏領域。

八十層の階層守護者《フロアボス》は気が遠くなるくらいの高みにいて、あまりに強すぎて思わず笑ってしまう。

なんとか戦えているように見えているかもしれないけど、その実は決定打をかわし時間を稼ぐのが精一杯。

斬撃はかすっただけで致命傷。

一瞬だって気の抜けないギリギリの攻防。

引き延ばされた刹那の中、宝剣と魔法による九連撃をかわした私は、その直後に放たれた一閃に息を呑んだ。

——知らない攻撃パターン。

咄嗟に魔法障壁《マジックバリア》を展開して、かろうじて直撃は免れた私だけど、そこが私の限界だった。

粉々に砕け散る魔法障壁《マジックバリア》。

不死の王。

骸骨の頭部が笑う。

空中にいるこの体勢では次の一撃はかわせない。

迫る最後の時に凍り付く私の眼前で炸裂したのは、鮮烈な電撃のきらめきだった。

異能の域まで達している術式精度とそれが作り上げる常軌を逸した出力。

その電撃が誰のものなのか、視線を向けずとも私にはわかって――

「なんで……」

だからこそ理解できない。

傍にいた私が誰よりも知っている。

戦えるような怪我じゃなかったはずだ。

廃城の残骸によりかかるその姿に、息を呑む。

どうしてそんな状態で――

冷静ないつものあいつからは考えられない無茶な行動。

その理由に気づいて、私は呼吸の仕方を忘れた。

あいつ、信じてるんだ。

私たち二人なら勝てるって。

ずっとそうだった。

どこまでも私のことを信頼してくれる親友。

地方の魔道具師ギルドで無能扱いされて、働けるところもなかった私なのに、そんなこと全然気にしなくて。

いつだって期待してくれて、味方してくれて。

それがどんなにうれしかったか。
きっと、あいつにはわからない。
いいよ、やってやろう。
奇跡を起こすんだ。
剣聖相手にできなかったことを、今度は二人で。
人類史上最大の番狂《ジャイアントキリング》わせ。
私たちは無敵だってことを証明する。
どこまでも子供で頭の悪い方程式。
目の前の敵はどうしようもなく強くて、
だからこそ心が滾《たぎ》って仕方ない。
高すぎるくらいの壁の方が、挑むのが楽しいってもんでしょうよ。
二人なら――きっと超えられる。
思いを込めて地面を蹴る。
空だって飛べる。
そんな気がした。

◇　◇　◇

「おいおい、冗談だろ……」

そうつぶやいたのは誰だったか。

ルーク・ヴァルトシュタインは限界なんてとっくに超えていた。

立っているのが不思議に思える絶望的な状況。

なのに、どうしてあそこまですさまじい魔法が撃てる？

七つの魔法式を並行して起動する《多重詠唱《マルチキャスト》》

放たれる電撃の鋭さは、尋常な魔法使いの域を完全に超えている。

怪我をしていることさえ忘れてしまうほどに美しい魔法式のきらめき。

何より恐ろしいのは、そのすべてが目の前で戦うノエル・スプリングフィールドを最善に近い形で支援していることだった。

一切の無駄のない連係。

互いの意図を瞬時に理解して放たれる閃光と暴風。

視線をかわすことさえ必要としない。

長い年月を重ね、互いの能力と癖を知り尽くしているからこその奇跡のような連撃。

彼の支援を受けた彼女はさらにその勢いを増す。

二人で戦う状況への最適化。

空間さえ歪める魔力の余波。
放つ風の大砲は廃城のフィールドごと骸蝕王の巨体を強振する。
もはやどちらが怪物なのかわからない。
規格外の階層守護者《フロアボス》に対し、一歩も退かずに渡り合う二人。
(なんだ、これ……)
冒険者たちは目の前の現実が受け止められなかった。
(押し返してる、のか……?)
絶望的だった戦況が揺らぎ始める。
呼吸を忘れて見入っていた。
とんでもない何かが目の前で起きようとしている。

◇　◇　◇

激戦の中、不思議なくらいに私は冷静だった。
周囲のすべてがよく見えている。
怪物の足下に転がる廃城の残骸の形まではっきりと。
それはおそらく、極限まで研ぎ澄まされた集中状態。

もはや考える必要さえない。
身体が自然と反応している。
まるで自分ではない何かに導かれているような感覚。
加えて、私の背中を押していたのは王宮魔術師として戦ってきた経験だった。
《業炎の魔術師》の異名を持つ聖宝級《メイガス》魔術師、ガウェインさんとの手合わせ。
《緋薔薇の舞踏会》で戦った特級遺物持ちの暗殺者。
《薄霧の森》でのゴブリンの軍勢とゴブリンキング変異種。
《竜の山》の狂化状態にされたドラゴンさん。
歌劇場で囲まれた犯罪組織《黄昏》の人たち。
そして、先日の御前試合。
王立騎士団序列一位。《無敗の剣聖》と称えられる王国最強の騎士——剣聖さんとの戦い。
みんな、私にとっては格上の相手ばかりで。
だけどその経験が私に力をくれる。
何より、頼りになるのが一緒に戦ってくれる親友の存在。
『最悪。なんであんたなんかと』
『こっちの台詞だ、平民女』
最初はお互い『あんなやつ大嫌い！』って感じだったのに。

今は、手に取るように互いの意図がわかっている。
胸が弾んで仕方なかった。
――なにこれ、すごい。
一人の時よりずっと高く飛べる。
広がるのは見たことがない景色。
絶望的な強さを持つ怪物にだって、負けてないんじゃないかとさえ思えるくらい。
――もっと先に行こう、ルーク。
放つ魔法にそんな思いを込める。
――いいよ。君が行きたいなら。
にやりと口角を上げて地面を蹴る。
今までのそれよりさらに鋭く不意を突いた踏み込み。
怪物がかすかにたじろぐのが気配でわかる。
そこにあるのは怯え。
目の前の弱者が見せる予想外の力への動揺。
臆している。
こんなに強い怪物が、私たちの攻撃に焦っている。
なんだか楽しくて仕方なかった。

負けてない。

私たちの魔法は、最高難度迷宮の階層守護者《フロアボス》にだって届いてる。

『なれるよ。君も絶対なれる』

思いだされたのは学生時代のこと。

王宮魔術師なんてすごすぎて、夢にすることさえおこがましいくらいに思っていた私に、ルーク
は何度もそう言ってくれた。

『……そこまで言うなら私も目指してみようかな』

無理かもしれないと思いながら、でもなれたらいいなと願っていた淡い夢。

『二人で一緒にお仕事とかできたらいいよね。話題の二人組って感じで大活躍みたいな！』

あの日の夢を現実にするために。

初動の癖からモーションを先読みして攻撃をかわす。

かすっただけで即致命傷の一閃。

敵ははるかに格上。

だからこそ胸の高鳴りが収まらない。

多分、これは千載一遇の好機だ。

勝機があるとすれば、敵が私たちの連係に慣れるまでのわずかな時間だけ。

魔力の限界も近づいている。

チャンスがあるとすれば、今この瞬間――

後のことなんて考えない。

最大出力で放つ渾身の連続攻撃。

すかさずルークが私に補助魔法をかける。

《魔力増幅《エンハンス》》、《魔力強化《マナブースト》》、《魔力圧縮《コンセントレイト》》、《魔力回復《マナチャヤージ》》、《術式連鎖《キャストチエイン》》、《固有時間加速《スペルブースト》》――

引き延ばされた刹那の中、私の動きを先読みして置いてくれる支援魔法陣。

思考の必要はない。

導かれるように魔法陣をくぐって敵との間合いを詰める。

細かいことはルークが考えてくれる。

私がすべきなのは、目の前の敵に全力の魔法をたたき込むことだけ。

二人で何重にも重ねた補助魔法。

協力して作り上げる実現可能な最大出力の一撃。

《烈風砲《ウインドブラスト》》

迷宮が振動する。

軋《きし》む聖銀《ミスリル》の鎧。

宝剣の腹で耐える不死王。
ここまでしても私の魔法だけで届く相手ではなくて。
だから、私はあいつの名前を呼ぶ。
「ルーク！」
瞬間、怪物の死角からすさまじい電撃の奔流が殺到する。
二人で息を合わせ、互いの全力を重ね合わせる。
超えてやるんだ。

――最高難度迷宮の階層守護者《フロアボス》を二人で超える。

眩い光が視界を焼く。
瞬間、不死王の宝剣を押し込んで、二人の魔力波が辺りを飲み込んだ。

それから、何が起きたのか。
正直なところ私は正確に記憶していない。
気づいたとき、私はすべての魔力を使い切って倒れていて。

霞む視界の先には、不死王が私を見下ろして立っていた。

倒しきれなかった、か。

残念ではあるけれど、悔いはなかった。

自分にできるすべてを出し尽くしたのだ。

それで届かなかったのなら、仕方ない。

しかし、勝敗を決定づける最後の一撃は放たれなかった。

不死王はただ私を見下ろしているだけだった。

――最期に、こんなにも胸弾む戦いができるとは。

声が降ってくる。

――礼を言う。若き魔法使いよ。

巨体が霧散し、光に変わっていく。

きっと、不死王はこの戦いに満足したのだ。

異常な力を持つあまりにも強い階層守護者《フロアボス》。

多分、大迷宮が私たちに課していたのは、単純に敵を打ち倒すことではなくて、死者の王を戦いで満足させることだったのだろう。

「勝った……のか？」

静かになった廃城の中。

どこか遠くからそんな声が聞こえる。

「生き残った！　俺たち、生き残ったんだ！」

がんばってよかった。

湧き上がる歓声に頬をゆるめる。

不思議な感触が身体の中に残っていた。

もっともっと魔法がうまくなれるような。

そんな感覚と高鳴り。

はるかに格上の相手に対して、自分でも想像してなかったくらいうまく魔法を使うことができたんだ。

ねえ、ルーク。

私たちまだまだいけるよ、きっと。

そんな期待に胸を弾ませていたら、

「よかった。安心した」

後ろから聞こえたのはあいつの声。

ボロボロの身体を引きずって近寄ってきてるからびっくりする。

力が抜けて崩れ落ちたルークをあわてて抱き留めた。

「そんな状態でどうして」

「ノエルのことを守らないとって」
渡してくる回復薬は最後のひとつ。
自分の方がひどい状態なのに、私に飲ませようと持ってきたらしい。
「あんたの方が先だってば」
回復薬を受け取ってルークに飲ませた。
抵抗する体力も残ってないのだろう。
されるがままルークは私に身体を預ける。
無茶しちゃって。
こんな状態でも私のことを心配してくれるなんて。
拾ってくれて、素敵な居場所をくれた親友。
ほんと、いつもすごく大切にしてくれて。
どうしてそこまでしてくれるんだろう？
そんなことを考えていたら、

（――――あれ？）

戸惑う。

なんだ、これ。
変だ。
心臓の鳴り方がいつもと違う感じ。
なんとなくルークに悟られたくなくて。
知られたら絶対にいけないような気がして。
気にしてないふりでいつもの自分を取り繕う。
いったい何なんだろう、この気持ち。
初めて経験する不思議な感覚に、どうしていいかわからず戸惑っていた。

# エピローグ　割り切れない気持ち

「ダメです」

診療所のお医者さんは、有無を言わさぬ口調で私に宣告した。

彼の言葉に、相応の妥当性があることは理解している。

職業人としての誇りを持って、自らの職責を全うしようと尽くしてくれているのもわかっている。

しかし、私にも譲れない理由があるのだ。

どんな手を使っても、絶対に叶えたい願いというのが人生にはあって。

手放してしまうともっと大切な何かも失ってしまいそうな感じがするから、
それでも私は手を伸ばすんだ。

目を閉じて、深く息を吐く。

意識を研ぎ澄ます。

真っ直ぐにお医者さんを見つめて、私は言った。

「そこをなんとか！　なんとか、おかわりをお願いします！」

「ダメです」

「…………」

人生は時に残酷な一面を覗かせる。

階層守護者《フロアボス》との激戦の後、入院することになった迷宮都市の診療所。

絶望的に少なすぎる病院食。

希望を打ち砕かれた私は深く絶望し、しかしくじけそうな気持ちを再び奮い立たせる。

ここで折れたら、何も変えられない。

世界を変えるのに必要なのはきっと、絶対にあきらめない覚悟と意志だから。

何度でも挑戦する。

何かが変わり始めるその日まで。

「では、お菓子か食後のデザート的なものをお願いしたいです！」

「ダメです」

「…………」

くっ、なんという強敵……。

聡明で優秀な頭脳を持つ私の、『おかわりがダメなら、デザートを頼めばいいじゃない』作戦が通じないなんて。

「いいでしょう。今回は引き下がります。しかし、私はあきらめませんよ。夕ごはんの際には、なんとしてでもおかわりとデザートを提供してもらえるよう、幾千の罠と幾万の策をもって先生に挑みます。覚悟しておいてください」

「お大事に」

事務的な口調で言って退室する先生。

まったく感情の色が見えないその立ち振る舞いに、やはり強敵だとうれしくなる。

負けず嫌いな私にとって、壁は高ければ高いほど挑み甲斐があるというもの。

私は負けませんよ、先生！

心の中で新たな宿敵への思いを新たにしていると、

「こんにちは。ここの居心地はどうですか？」

入れ替わるように入ってきたのは《攻略組》の冒険者さんたちだった。

「とても良いです。皆さんすごく良くしてくださってほんとありがたくて」

迷宮都市で最も設備の良い《攻略組》御用達《ごようたし》の診療所。

《攻略組》の人たちが配慮してくれたらしく、入院生活は快適そのもの。

まるで貴族みたいに大切に扱ってもらえている。

あとはほんと、おかわりさえできれば何も言うことない感じなんだけどな。

先生を攻略する方法を早く考え出さなければ。

「良かった。お二人は命の恩人ですからね。実現可能な一番良い治療を受けさせるようにと隊長に言われてますので」

うなずいて言う《攻略組》の冒険者さん。

「国別対抗戦も近いですからね。影響が出ないようにしないといけませんし」

「国別対抗戦？　あ、そっか。今年ですすよね」

言われて思いだした。

四年に一度開催される、西方大陸の国々が競い合う世界的な魔法大会。

前のときは学院寮で友達や先生と盛り上がりながら応援してたっけ。

学生時代はあんなに楽しみにしてたのに、社会人になってから忙しすぎて、すっかり忘れていた。

「ノエルさんも代表候補ですよね？　内定を勝ち取るための実績作りとしてヴァイスローザに来たんだと思うんですけど」

「へ？」

思いもよらぬ言葉にびっくりする。

代表候補……。

もしかして、今の私ってそんなすごい人みたいに見えてるのかな？

「いやいや、そんなそんな。やめてくださいって」

頬がゆるんでしまった。

私が犬だったらきっと、尻尾をぶんぶん振りまくっているに違いない。

「私まだ白銀級《シルバー》ですし。代表選手は聖銀級《ミスリル》以上じゃないと選ばれませんから」

「ノエルさんで届かないんですか？」

驚いた様子で言う冒険者さん。

「たしかに、国を挙げて教育と研究が行われている魔法の世界は化物のような天才揃いとは聞きますけど」

「なかなか大変なんですよ。私なんて最初、地方の魔道具師ギルドでも全然通用しなくて」

ボロボロの状態だった社会人一年目のことを話すと、

「なんですかその地獄……」

冒険者さんは完全に引いていた。

「ノエルさんも苦労されたんですね……」

「いや、田舎では結構普通なんじゃないかなと思ってるんですけど」

「絶対普通じゃないです」

力強く言う冒険者さん。

「でも、おかげで今のノエルさんになれたのなら、そのことだけには感謝しないといけないかもしれませんね」

それから、私に向き直って真剣な顔で言った。

「困ったことがあったらいつでも言ってください。我々《攻略組》の冒険者はお二人に救われたことを決して忘れませんから」

「ありがとうございます」

あたたかい言葉にうれしくなる。

ふと思いだして私は言った。

「あ、そうだ。ひとつ困ってることがあるんですけど」

「なんでしょう？」

「病院食のおかわりと、食後のデザートが食べたいんですけど許してもらえなくて」

私の言葉に、冒険者さんは気の毒そうに微笑んでから言った。

「ダメです」

◇　◇　◇

《赤の宮殿》と称えられるアーデンフェルド王国大王宮。

夕暮れ。橙色の光が射し込む一室で、その会談は行われていた。

「お前さんたちは事の重大さをわかっておらぬ」

言ったのは王国内で絶大な力を持つ王室相談役の老人だった。

「帝国が仕掛けた国別対抗戦は今や世界中の誰もが注目する規模まで発展してしまった。これまでのように軽い感覚で準備することはもう許されん。一歩間違えれば、王国の歴史に決して拭えない深い傷を残すことになる」

「だからこそ、聖宝級《メイガス》魔術師を参加させればいいと言っているでしょう」

言ったのは炎熱系最強と称される《轟炎の魔術師》――ガウェイン・スタークだった。

「俺を出せば必ず結果は出す。そう言っています」

「ならん。聖宝級《メイガス》魔術師が敗北するようなことがあっては、いよいよ王国の威信に影響する。それだけは絶対に許されん」

「帝国はなりふり構わず人間以上に高い魔力を持つ森妖精《エルフ》の魔法使いを招聘《しょうへい》している。対して、王国は戦う前から敗北に怯える弱腰ぶり。結果が出ないのも当然だとは思いませんか」

「だから今回は最も強い魔法使いを送り込むと言っているであろう。聖宝級《メイガス》を除いた中で一番優秀な魔法使いを選抜する。ルーク・ヴァルトシュタインの参加も認めた。プライドを捨て、本気で勝ちに行く。これはそういう戦いじゃ」

王室相談役の老人は言う。

「その上でもう一度お主に問う。平民出身でどこの馬の骨かもわからぬ小娘――まだ一年目で白銀《シルバー》級の魔法使いをアーデンフェルド代表として選抜せよと、お前は本気でそう言っておるのか」

「もちろん本気です」

「平民出身者を贔屓《ひいき》するのもいい加減にせよ。何を根拠に――」

「そういう風に仰《おつしや》ると思ってましたよ」

言って懐から出したのは一通の封書だった。

「剣聖エリック・ラッシュフォードからの推薦状です。御前試合で戦ったことはご存じですよね」

「しかし、あんなものはただの祭事で」

「中を見ればわかります。直接手を合わせた者が誰よりもわかっている。彼女の持つ可能性に」

ガウェイン・スタークは言った。

「改めてもう一度お伝えします。聖宝級魔術師《メイガス》ガウェイン・スタークと王立騎士団騎士長エリック・ラッシュフォードは、ノエル・スプリングフィールドを国別対抗戦の代表選手として推薦します」

◆　◆　◆

西方大陸中央部に広大な領地を持つ大国――神聖フェルマール帝国。

北部山岳地帯で採掘される魔石資源を背景に国力の拡大を続けるこの国は、魔法の分野においても最も進んだ技術を持つ国のひとつとして知られている。

極大魔法の技術は西方大陸でも随一。

特に自国が主導して運営している国別対抗戦では、他国を寄せ付けない圧倒的な結果を残している。

その原動力となっているのが、北東の大森林から招聘している森妖精《エルフ》族の魔法使いだ。

数千年にも及ぶと言われる長い寿命を魔法に注ぎ込んできた彼らは、人間の魔法使いを超える存在として、国別対抗戦を席巻している。

帝国外交局が保有する迎賓館の一室。

到着した二人の森妖精《エルフ》に、元老院に席を持つ大臣が深々と礼をする。

「大変お忙しいところ、お越しくださってありがとうございます」

「まったくです。エヴァンジェリン様は本来このような人間界の俗事に関わっていいようなお方ではありません。この機会はすべて、エヴァンジェリン様の寛大なお心遣いによるもの。ゆめ、そのことを忘れませんよう」

言ったのは、薄緑髪の森妖精《エルフ》だった。

強い口調の言葉に、一歩後ろにいるもう一人の森妖精《エルフ》が微笑む。

「いいのよ、エステル。こういう催し、私は嫌いじゃないから」

穏やかに言うその姿に、大臣は息を呑む。

人間の魔法使いとはまるで次元が違うでたらめな魔力の気配。

当代最強と称される魔法使いの一人であり、前回の国別対抗戦でも圧倒的な強さで連覇を果たした絶対王者――精霊女王エヴァンジェリン・ルーンフォレスト。

対応には細心の注意が求められる。

もし気分を害すような失態を犯せば、被《こうむ》る損失がどれだけ大きいか考えたくもない。

「それで、シンシアはどこかしら？　先に来てるという話だったけど」

「それがシンシア様は気になることがあるとアーデンフェルド王国へ向かわれまして」

「気になること？」

「はい。なんでも、調査が必要な魔法使いがいると少し焦った様子で。このようなことは初めてだったもので私どもも大変驚いたのですが」

「シンシアが見た資料を見せてもらえる？」

「承知しました」

渡された資料に目を通すエヴァンジェリン。

（いったい誰を気にしているというのだろうか）

大臣は資料を見つめる彼女の視線を追いつつ言う。

「考えすぎだと思いますよ。エヴァンジェリン様の敵になるような相手、このリストの中にはいませんから」

「そうでもないわよ」

エヴァンジェリンは微笑む。

興味深いものを見つけた。

そんな風に。

（このページに……？）

慌てて視線の先を追う大臣。

そこは、リストの中でも階級が低く実績が少ない魔法使いの情報が載っている箇所だった。

（いったい、誰が……？）

大臣は懸命に思考を巡らせる。

「大会に出てよかったわ」

エヴァンジェリン・ルーンフォレストはにっこり目を細めて言った。

「すごく面白い子。こんなにわくわくするのは久しぶり」


黄昏時の病室。

ルーク・ヴァルトシュタインは深い苦悩の中にいた。

考えても仕方ないことなのはわかっている。

肉体的にも精神的にも限界を超えていたし、自分のできることを全力でやりきった結果でもある。

しかし、それでも頭に浮かんでは自身を苛《さいな》む記憶と言葉。

『大切なものがあるんです』

『今、あいつの隣で戦えないなら、僕の命なんて今日まででいい』

『ノエルのことを守らないとって』

振り返って気づかされた。

あの日の自分は、かなり恥ずかしいことを言ってしまっていたのではないだろうか。

（いったいどうしてあんなことを……）

名家に生まれ、幼い頃から要領がよく、立ち振る舞いにおいてほとんど失敗をすることなく生きてきた彼にとって、その記憶はあまりにも痛々しく感じられた。

彼女はどういう風に思っただろうか。


（あの日のルーク、なんか痛かったなぁ）


……消えてなくなりたい。

苛む自意識と募る後悔。

割り切れない気持ちを抱え、ルーク・ヴァルトシュタインは深く息を吐いた。

◇　◇　◇

「お手柄だね。すごい活躍だったって聞いてるよ、ノエルさん」

退院が近づいたある日のこと。

病室を訪ねてきたのは王宮魔術師団の先輩たちだった。

後から正式に迷宮都市に派遣された先輩たちは、先行して《攻略組》とつながりを作っていた私たちのおかげで、想定していたよりずっと順調に仕事を進めることができているらしい。

あの二人が所属する組織なら、と八十層の迷宮遺物を優先して研究解析できる契約も結べたとか。

弾んだ先輩の声に、がんばってよかったな、とうれしくなる。

「ルークさんも順調に回復してるみたい。その割にはなんかため息多かったけど」

「ため息？　何かあったんですかね？」

「うーん、なんだろう？　優秀なあの方のことだから入院しなければできた仕事があったのに、とか悔しがってたりするのかな」

二人で少しの間考える。

ふと思いだされたのは、階層守護者《フロアボス》との激戦――その直後のことだった。

傷だらけの身体を引きずって、最後の回復薬を私のために持ってきてくれたあいつ。

『ノエルのことを守らないとって』

なんだか胸の鳴り方がおかしくて。

自分が自分じゃないみたいな不思議な気持ち。

あれはいったいなんだったのだろう？

首をかしげる私に、「そうだ。大事なことを伝えないと」と先輩が言った。

「まず黄金級《ゴールド》への昇格が決まったよ。平民出身の魔法使いをここまで早く昇格させることへの反対意見も王宮内にはあったみたいだけど、出してる結果がすごすぎるからいよいよ認めざるを得なくなったみたい。力で黙らせたって感じだね」

「いやいや、そんなそんな」

たくさん褒めてもらえて頬をゆるませる。

ほんと褒め方うまいんだよね、王宮魔術師団の先輩。

みなさんやさしくてほんと良い職場だなぁ、と改めて実感する私に先輩は言った。

「それから、もうひとつ。帝国が主催して開催されている国別対抗戦があるんだけど」

「今年ですよねっ。都合がつきそうなら見に行きたいと思ってるんですよ。何せ、四年に一度！　各国を代表する魔法使いたちの戦い！　なかなか見られるものじゃないじゃないですか！　生観戦なんて一生ものの思い出間違いないですし。アーデンフェルド王国はあまり力を入れてないのがちょっと残念ですけど」

早口で言う私に、くすりと笑う先輩。

しまった。

好きなことになるといっぱい喋ってしまう大好き特有の癖が。

気恥ずかしくて頭をかく私に、先輩は言った。

「その代表選手としてノエルさん内定したみたいだから」

……………ん？

今、なんかとんでもないことを言われた気がする。

いや、気のせいだよね。

そんなことあるわけないし、うん。

「いやいや、冗談はやめてくださいよ。いくらなんでもそれは」

「これ、正式な要請書」

書状を取り出す先輩。

全力で疑いつつ、目を通す。

信じられないことに。

本当に、信じられないことに。

特殊な魔力を付与された印字は、王宮魔術師団で正式に使われているものだった。

「ルークさんも選ばれてる。今回は王国も本気で勝ちに行くみたいだから」

先輩はにっこり微笑んで言った。

「期待してるよ。がんばって」

私はしばしの間、硬直してから、

えええええええええええええええええええええええええええええ――――!?

と白目を剝いて頭を抱える。

拝啓。

お家で待つお母さん。

駆け出し王宮魔術師としての私の新生活は、やっぱり想像もしていない方向へと進んでいっているみたいです。

【3巻に続く】

## 特別書き下ろし1　竜の山にて

その山は、竜の山と呼ばれていた。

人の支配が及ばない未開拓地。特にこの山は、西方大陸において最強の生物種である飛竜種の一体が棲まう山として、冒険者たちも決して上層には足を踏み入れない。

その結果、この上層の生態系は下層に比べて自然豊かなものになっていた。冬の雪は湧き水となって小川を作り、春が来るたびみずみずしい新芽が緑の芽を吹く。木々はまだらな白っぽい枝を揺らし、深く積もった落ち葉の下からトカゲが空を見上げている。

そんな竜の山の最上層は草一本生えない神域だった。森林限界の上にあるこの場所では鋭い岩肌が露出し、冬のように冷たい風が一年中吹き続けている。

そんな最上層でこの地の主である黒竜は、雲の下に覗く世界を見下ろしていた。

「今日も退屈そうだね、旦那」

一部の魔物が使える念話という会話の形式。

声をかけたのは一匹の兎《うさぎ》だった。その身体は、山のように大きな黒竜に比べるとその爪よりも小さい。雪のように真っ白な毛並み。大きな垂れ耳が頭の上に寝転んでいる。

「退屈などしていない。我は世界の行く末をただ眺めるのみ」

「かっこいい！」

「思ってもないことを」

「思ってるよ。あたしは旦那に憧れてここに通ってるんだから」

白い兎は言う。

「旦那みたいに強くてかっこいい魔物になりたいんだ。山のみんなが憧れちゃうくらい強くさ。ずっとそう言ってるだろ？」

「ああ。そして、その身体では無理だといつも言っている」

「無理じゃない！　あたしはこの山で最強になるの！」

「つまり我をも超えてみせると？」

「当然。夢はでっかくっていうのがあたしの主義だからね」

「……兎。絶対に無理なことも世の中にはある」

「ひどい！　見てるがいいよ。この山も乗っ取って兎の山にしてやる」

「平和そうな山だな」

「えへへ。兎の山……あたしが主……」

白い兎は想像し、頬をゆるめる。

それから、不意に思いだしたように言った。

「さっき、こんな風に言ってたよね。『我は世界の行く末をただ眺めるのみ』って」

「それは我の真似か？」

「うん。上手でしょ。練習してるから」

白い兎は自慢げに言ってから続けた。

「でも、本当に見てるだけでいいの？　なんとなく思ったんだ。本当は外の世界と関わってみたいんじゃないかなって」

「どうしてそう思う」

「なんだか寂しそうに見えたから」

竜は何も言わなかった。

その沈黙は、やけに印象的に兎の中に残った。


兎にとって竜は憧れの存在だった。

兄弟たちに比べて小柄な自分とはまったく違う、空を覆うほどに大きな体軀。

「お守りくださる主様にお供えを持っていかないとな」

誰よりも強くて、山のみんなに尊敬されていて。

でも、ひとつだけ納得いかないことがある。

それは、誰も直接会いに行こうとしないこと。
「ご機嫌を損ねてしまってはいけないから」
みんなが口々に言うその言葉が、体の良い建前であることに兎は気づいていた。
怖いのだ。
だから近づこうとせず遠ざける。
そんな大人たちの姿が、間違っているように兎には感じられた。
感謝してるなら、直接そう伝えれば良い。
主様だってその方が絶対うれしいはずなのに。
そういう反発心もあって、兎は竜の棲む最上層に通い始めた。
間近で見る黒竜はすごく大きくて、かっこよくて。
そっけない態度を取りながらも、なんだかんだ話を聞いてくれて。
そして、少し寂しそうだった。
(あたしが行ってあげないと)
そんなある日のことだった。
最上層への道中で、兎は物見役の大人兎と出くわした。
あわてて茂みの中に隠れる。
最上層で主様に会っていることは知られてはならない。

知られたら、怒られて絶対に会いに行くなと言われるのがわかりきっているから。

身体を小さく丸め、息を殺す。

近くを通り過ぎる大人兎たち。

話し声が聞こえてくる。

「おい、人間の群れが最上層に向かったらしいぞ」

「主様を討伐するのが狙いか？」

「わからん。だが、もしかしたら……」

「とにかく、長に報告しないと」

胸騒ぎがした。

兎にとって、竜は最強の存在で、負けるわけなくて。

なのに、なぜか不安で仕方ない。

大人兎たちをやり過ごしてから、あわてて最上層へと走った。

周囲を警戒しつつ、竜の下へ向かう。

人間の姿はなかった。

撃退されて、帰った後なのだろう。

傷ひとつないその後ろ姿に、兎はほっと胸をなで下ろす。

（そうだ。旦那が負けるわけない）

「さすがだね、旦那。やっぱり最強だ」
黒竜が振り向く。
その表情は、いつものそれとはまったく違っていた。
血走った目。
怒りが顔中に深いしわを刻んでいる。
地鳴りのような音を立てる歯ぎしりと、口元から覗く鋭い牙。
「どうしたの、旦那……大丈夫？」
機敏な動きで振り向いたその瞳に理性の色はなかった。
捕食者としての殺気と凶暴性。
竜にとって、自分は獲物でしかないのだ。
逃げないといけない。
なのに、怖くて。
身体が動かない。
死にたくない。
でも、どうすることもできなくて――
巨体が疾駆する。
迫る巨竜の牙。

（助けて、お母さん！）
恐怖に目を閉じたその瞬間だった。
振り抜かれたのは、大樹のような竜の腕だった。
巨竜の爪が、兎をかすめて岸壁に炸裂する。
砂山のように崩れ、飛び散る岩の破片。
いったい何が起きているのか。
呆然とする兎の耳に届いたのは、知っている竜の声だった。
「謀《はか》られた……！　逃げろ！　仲間にも伝えろ！」
切迫した声。
暴走する自らの身体を懸命に押さえ込むその姿。
おそらく、人間に何かされたのだ。
自分で自分がコントロールできなくなって。
それでも、必死で被害を食い止めようと戦っている。
夢中で地面を蹴った。
（とにかく、大人に伝えないと！）
「助かった。被害が出なかったのはお前のおかげだ」

悪い人間によって、狂化状態にされた巨竜の暴走。

周辺地域を大きく揺るがしたこの事件だが、竜の山上層の住人たちにはほとんど被害が出なかった。

早い段階で事態に気づき、安全な穴の奥に避難していたこと。

他ならぬ巨竜自身が、少しでも被害を出さないよう、暴走する身体と戦い続けてくれたことが大きかったのだろう。

大人たちはみんな、褒めてくれて。

兄弟の中でも不出来だと言われることが多かった兎だから、本当にうれしくて。

だけど、事態が落ち着いた後、帰ってきた竜は最上層への入り口を大きな岩で封鎖してしまった。

(きっと、あたしを傷つけそうになったから)

悪いのは人間なのに。

旦那は何も悪くないのに。

(ほんとは寂しいくせに)

なんとかしなくちゃ、と思った。

兎は大きな岩を見上げる。

◇　◇　◇

一人でいることには慣れていた。
強すぎる力は孤独を生むものだから。
思いだされるのは幼い頃の記憶。
自分とは違う小さな身体の魔物たちが不思議で。
楽しげに遊んでいるのがうらやましくて。
勇気を出して声をかけることにした。
でも、ただ「仲間に入れて」と言っても困らせてしまうかもしれない。
(そうだ、プレゼントを持っていこう)
彼らが集めて遊んでいた綺麗な石を自分も探した。
ちょっとだけ大きな琥珀《こはく》色の石。
彼らはよろこんでくれるだろうか。
(きっと、よろこんでくれるよね)
勇気を振り絞って声をかけた。
「お、お願い！　ぼくと遊んでほしいんだけど」
結果は悲惨なものだった。
『りゅ、竜だ！　竜が出た！』

『食べないで！　お願い見逃して！』

彼らは怯え、蜘蛛《くも》の子を散らしたように逃げていってしまった。

そして、二度とその場所に遊びに来ることはなかった。

自分は彼らの遊び場所を壊してしまったのだろう。

声をかけるだけで怖がられる。迷惑をかける。

そのとき、竜は学んだ。

（自分は一人で生きていかないといけないのだ）

一人で生きるのは難しいことではなかった。

飽和した寂しさも慣れてしまえば日常になる。

（一人でいるのが当たり前。大丈夫）

自分に言い聞かせる。

一人で生きていけるように。

（…………寂しい）

そんな心の声に、蓋をする。

聞こえない。

何も聞こえない。

「よっ。旦那。遊びに来たよ」

声に、耳を疑った。

振り返って、そこにあったのは白い兎の姿。

「どうして……」

「残念だったね。兎は穴掘りが得意なんだ」

汚れた両腕を誇らしげに掲げて兎は言う。

「大きな岩ではどうしても隙間ができるからね。掘って広げればこの通り。小さいのもたまには役に立つ」

竜はしばしの間黙り込んでいた。

やがて、言った。

「何をしに来た」

「いつもと同じだよ。旦那から強さを教わろうと思って」

「無理をしなくていい。わかっている」

竜は言う。

「我はお前を傷つけ、殺してしまうところだった。怖くなるのも当然だ。無理をして今までどおりの自分を装う必要は無い。こういうことには慣れている」

遠ざけられるのは当然のことだ。

それだけのことをしてしまったのだから。

結末はもう知っている。

だったら、自分から切り出した方が良い。

その方が傷つかずに済むから。

「バカにすんなっ！」

だけど兎の言葉は、竜がまったく予期していないものだった。

「旦那は操られてただけじゃないか。誰が悪いのかあたしはちゃんとわかってる。旦那が優しいことも周囲を傷つけたくなくて距離を置こうとしてることも知ってる」

言葉の意味がうまくつかめない。

混乱しつつ、竜は言葉を返す。

「我とお前はあまりにも違いすぎる。身体の大きさも、種族としての力も」

「そうだよ。違うから憧れてる」

「だが、傷つけてしまうかもしれない」

「そしたら怒るよ。すごく怒る。でも、それから仲直りする。それで一件落着さ。傷つけあって、迷惑をかけあう。それが友達ってもんだろ？」

何を言われているのかまったくわからなかった。

友達、なんて。

そんな風に言われるのは初めてで。

半信半疑で、言った。

「怖くないのか？」

「全然」

「本当に？」

「そう言ってる」

にっと笑みを浮かべて兎は言った。

「あたしは、将来旦那より強くなる兎だからね」

信じられなかった。

怖がらずにいてくれる。

そんな奇跡が自分にあるなんて。

言葉が出てこない。

うれしくて。

胸の中があたたかくて。

その姿に、自分がどれだけ救われたか。

「旦那より強くなって、この山も『兎の山』にしてやるから。あ、でも旦那を追い出したりはしないよ。あたしは優しいからね。そのときは旦那を一番の部下にしてあげよう」

なのに、兎はそんな竜の気持ちなんて全然知らないで、そんな風に言うから思わず笑ってしまう。

「あ！　今バカにしたな！」

怒る兎に、竜は目を細めた。

（お前は、我よりずっと強いな）

◇　◇　◇

それから、竜は以前よりも少し明るい顔をするようになった。

自分があそこで逃げなかったからかもしれない。

そう思うと、兎はなんだか身体の中に力が湧いてくるような気持ちになる。

何より、素直にうれしくて。

よかったな、と心から思う。

「助けられた人の子に礼をしたいと思うのだが」

そんな相談を持ちかけられたときも、迷わず背中を押した。

「それは行くべきだね。思いはきちんと正面から伝えるのが一番良いから」

「だが、迷惑ではないか？　我が行くと騒ぎになってしまう気もするが」

「バレなきゃ大丈夫。何より、直接お礼をしに来てくれて、嫌に思う人なんていないって」

結果、王国史に残る大事件の危機が王都に訪れてしまったのだが、そんなこと兎は知るよしもない。

「御礼の品を渡すことができたぞ。窮地になったら駆けつけると伝えてきた」

「やったね、旦那！　大成功だ！」

「力になれるよう我も準備をしておかなければな。何せ、あの人の子は強い」

「旦那を一人で止めるくらいだもんね」

「それが窮地になるのだから、大変な事態になっているに違いない。腕の見せ所だ」

「いいね！　旦那が最強だってことをみんなに教えてやろう！」

こうして、近頃の竜は張り切って準備を続けている。

隣では兎も並んでトレーニングをしている。

竜からするとその姿は、あまりにも非力で小さくて。

しかし、竜は兎を決して弱いとは言わなくなった。

その中にある本当の強さを知っているから。

そして、その強さに自分も救われているから。

「絶対旦那より強くなるから」

不敵に言う兎に、竜はにっこり笑って言った。

「ああ。楽しみにしている」

# 特別書き下ろし2　デート前日譚と不思議な夜

ルーク・ヴァルトシュタインの朝は早い。

ローズウッドの香る清潔な部屋。カーテンを開けて、青白い朝の街を眺める。

整然と刈り揃えられた庭の芝生。噴水の中心で雄牛の像が気高く空を見上げている。

バートセルン様式の大壺《おおつぼ》とそれを囲う季節の花々は高名な庭師の仕事だ。誰もが感嘆の息を漏らす美しい庭園も、しかし彼にとっては日常の一風景でしかない。

「おはようございます、ルーク様」

恭しく一礼する執事長。淹《い》れてくれたアーデンフェルド王室御用達の紅茶は、彼が最も好み愛飲しているものだ。

しかし、そんな紅茶も彼の心に波紋ひとつ作ることはできなかった。

どこか遠くを見つめるサファイアブルーの瞳。熱を持ったカップに口をつけてから、ルーク・ヴァルトシュタインは言った。

「すまない。少し一人になりたい」

「承知いたしました」
執事長が一礼して扉を閉めた後も、彼はしばらく何もせずじっとしていた。
時間が止まったかのように静止した部屋。湯気を立てる紅茶が少しずつ冷えていく。
いったい自分はどうしてしまったのだろう。
何かが違う。いや、何もかもが違う。
理由はわかっていた。
自分の心を激しく揺さぶるひとつの事柄。
他の何にも代えられない、特別で大切なたったひとつ。
動揺することもある程度想定していた。
予想外だったのは――その心の揺らぎが想像よりはるかに大きかったこと。
自分で自分が信じられなくてこめかみをおさえる。
（ノエルとのデートが楽しみすぎて落ち着かないとか……）
まるで誕生日前の子供のような思考。
知らない別人のような自分の姿。
あきれ混じりに深く息を吐いた。
（全部あいつのせいだ）
冷めたカップに口づける。

冷えた紅茶はいつもより苦くて少し甘い。

◇　◇　◇

ノエル・スプリングフィールドの朝は遅い。

二連休の初日。彼女は鉄の意志でベッドの上から動かない。

めくれあがったシーツと、ベッドから落ちた掛け布団が夜の間起きた壮絶な戦いの跡を物語っていた。

すべてを更地に変える大怪獣ノエル・スプリングフィールド。

その寝相の悪さは常人の域をはるかに超越している。

あたたかくなったシーツから身体を転がし、ひんやりした場所を見つけて頬をこすりつける。

「えへへ。まだまだ食べられるよ私」

夢の中でも「食べられない」と言わないのは大食いという戦場で戦う生粋の戦士である証左だろう。

小鳥のさえずりも、朝の日差しも、二連休初日の彼女を止めることはできない。

彼女は眠り続ける。

欲望のままに惰眠を貪っている。

◇　◇　◇

ルークの朝食は、お抱えの料理人が用意した豪奢なものだった。

ホットサンド、マフィン、スコーン、デニッシュ、ウォルナッツケーキ、ベイクウェルプディング、生ハム、子羊のキドニーソテー、去勢鶏のシチュー、オムレツ、花梨《かりん》の実のサラダ、コーンポタージュ……テーブルに並ぶきらびやかな逸品の数々。

美しい所作で食事を終えたルークに、執事長が銀の盆に載せた手紙の山を差し出す。

確認と返信。名家の跡取りとしてしなければならない仕事の数々を面倒だとは思わない。

それは習慣のひとつとして、彼の生活の一部になっている。

一時間ほどかけて手紙への対応を終えてから、「出てくる」とルークは言った。

「お仕事ですか？」

「いや、違う」

答えると、執事長は驚いた様子で目を瞬かせた。

「どうかした？」

「いえ、ルーク様が仕事以外のご用件で朝から外出されるのは珍しいと思いまして」

「……そうかもしれない」

苦笑いして続けた。

「夕食までには戻るから」

「承知いたしました。行ってらっしゃいませ」

朝の庭を歩く。

いつもは何も思わない庭園の花々が、やけに華やいで見えるのはなぜなのか。

（らしくないな、まったく）

深く息を吐いて、いつもより綺麗な世界を見ていた。

◇　◇　◇

ノエルの朝食は、一般的には昼食に分類される時間に行われる。

近隣に位置する行きつけの大衆食堂。

幾多の大食い自慢が集うこの店に、外から駆け込んで来たのは一人の男だった。

焦点の定まらない瞳と噴き出す汗。

蒼白な顔で男は言う。

「あの女が……あの女が来る……！」

騒然とする食堂。

人々の反応は様々だった。

「来るのか、あいつが……」

『東の大食いモンスター』の異名を持つ巨漢の男は、スプーンを止めて息を呑み、

「ありったけの食材をかき集めろ」

店主は不敵に笑みを浮かべて、店員に指示を出す。

平和な休日とは思えないほど張り詰めた店の空気。

「な、何が始まるんですか……？」

「知らねえのか？　なら、よく見ておくといい」

常連客は言う。

「『異次元の胃袋を持つ小さな魔女』――この辺りじゃ最強のフードファイターさ」

◇　◇　◇

デートコースの下見は順調に進んだ。

想定外のことはひとつもない。考えてみれば当然のことだ。

王国史に名を残す天才と称される自分が、持てる能力のすべてを注ぎ込んで作り上げた計画なのだ。

既に下見は三度目。

デートプランは細部のディティールに至るまで磨き上げられている。

予定より早く終わった下見の後、足を止めたのは魔道具店の前だった。

(これ、前にノエルがほしがってた)

魔力回復量と補助魔法の効果量を増加させるネックレス。

あしらわれた赤い魔鉱石は美しく、加工の精度も際だって高い。

王国一の大商会――オズワルド商会で扱われている人気商品だ。

『このカッティングってほんと難しいの!』

王宮に出入りする商人が持ち込む魔法装飾品を検分しているときのことだった。

ノエルは瞳を輝かせて早口で言った。

『魔鉱石の魔力伝導率を最大値で維持するには薄皮の千分の一みたいな単位での細かな加工が必要でね! 私なんかさっぱり違いがわからないんだけど、凄腕の職人さんは触っただけでその誤差がわかるの! 魔法じゃないのに魔法だよ、あれは!』

興奮した身振りを微笑ましく思い返す。

ひとつのことを突き詰めている人の仕事が彼女は好きだ。そこにかける情熱と積み重ね。そしてこれが自分の人生を賭してしたいことなんだと言い切れる強い思いが、彼女の心を打つのだろう。

それはきっと、彼女自身もずっと魔法に恋をしている類いの人間だから。

『デザインも良いよね。今のトレンドを押さえた上で新しいところに挑戦してる。人気になるのもわかるな』

『と、トレンド？　も、もちろんわかってたよ。今時大人女子な私的にはわかりすぎて言うまでも無いというかさ。今風な感じがするよね。なんかこう、どことは言えないけど全体的に』

ほんと興味のないことにはまったく興味がないんだから。

うらやましくもあり、眩しくもある。

自分にとって魔法は義務であり仕事だから。

好きではあるけれど、彼女のように純粋なものではなくなってしまった。

よくある話だし、好きなことを仕事にした場合、大抵の人が経験することだと思うけど。

だからこそ、その純粋さと情熱が眩しい。

そういうところも好きで。

なのに、その気持ちが少しでも自分に向いてくれないかなって思わずにはいられないのだから、自分は本当に欲深い人間なのだろう。

「これ、もらえますか？」

赤い魔鉱石のネックレスを買った。

綺麗にラッピングされた小包の中には、どうしようもない自分の不純さが混じっている。

◇　◇　◇

「猫！　猫ちゃーん！　どこ行くのー？」

気持ちよくお昼ごはんを食べた帰り道のことだった。

かわいい黒猫を発見したノエルは、夢中でその追跡を開始。

「風が気持ちいいね。そっか、あっち行きたいんだ。行こう行こう」

しかし、問題は昼食直後の彼女の思考力が絶望的なレベルまで落ち込んでしまっていたことだった。

（…………あれ？　ここどこ？）

気がつくと完全に迷子になってしまっている。

辺りは薄暗く、空気はどことなく淀んで感じられた。

破れた鉄柵と荷車の残骸。濡れた布きれが地面に張り付いている。

（ここって、治安が悪いから近づかないようにって言われてたエリアじゃ……）

自分がよくない場所に迷い込んでいることを自覚して、立ち尽くす。

（とにかく、元来た道を帰ろう）

引き返そうとしたそのときだった。

「誰か！　誰か助けて！」

しわがれた女性の声。

切迫した響き。

奥から聞こえる声に、気がつくと地面を蹴っていた。

「何やってるの！　やめなさい！」

声に振り向いたのは柄が悪そうな若い男たち。

数は四人。一人は刃物を持っている。

奥で上品そうなおばあさんが綺麗な鞄を抱えてうずくまっていた。

「んだよ。ガキは黙ってろ」

（スタイル抜群セクシー系大人女子な私になんてことを！　許せん！）

心の中で抗議しつつも、大人として冷静な態度で接するよう心を落ち着かせる。

「落ち着いて話し合いましょう。大丈夫です。話し合えばきっとわかりあえます」

「話し合い？　バカか、お前」

あざ笑う声が路地に響く。

「自分がどういう場所にいるかわかってないらしいな。ここじゃどんなに叫んでも誰も助けに来ない。殺したところでまず足はつかないからな。力だけがすべてを解決する」

刃物を取り出して彼女を取り囲む男たち。

「お前も二度と喚《わめ》けないようにしてやるよ」

嗜虐《しぎゃく》的な笑みを浮かべて近づいてくる。

しかし、彼らは相手を完全に見誤っていた。

気兼ねなく殴れる近所のいじめっ子を殴って回り、『西で一番やべえ女』として恐れられていた幼少期を過ごした彼女である。

悪ガキとの喧嘩では四百戦無敗。

脅《おど》して怯むような性格ではない。

「――跪《ひざまづ》け」

瞬間、吹き下ろしたのは立っていることさえできない強烈な暴風。

崩れ落ちる男たち。

驚き目を見開く彼らに彼女は言う。

「魔法を見るのは初めてですか？　すごいんですよ。腕のある魔法使いは人間なんて一瞬でぺしゃんこにできるんです。荷車に轢《ひ》かれたカエルみたいに」

近所のいじめっ子を殴って回っていた経験から、下手に手を抜くと報復される可能性があることを彼女は知っていた。

そして、立ち向かう気力を失うまで徹底的に恐怖を植え付けるのがこういうときのコツであることも。

「力だけがすべてを解決するなら、私も同じルールでやろうと思いますけど、それでいいですよね？」

「ひっ」

押しつぶしていた風魔法の力をゆるめると、男たちは転がりながら逃げていく。

ひとまず一件落着、と。

「ありがとう。助かったわ。なんとお礼を言ったらいいか」

「いえいえ、そんな」

「孫にあげるプレゼントのお金が入ってたの。よかった。本当に良かった」

プレゼントを選んでいる途中で治安の悪い地域に迷い込んでしまったらしい。

絞り出すように言うおばあさんの身体は小さくて、ふるえていて。

助けられてよかった、と心から思う。

「すごいのね、あなた。あんなに見事な魔法、初めて見たわ」

「えへへ。ありがとうございます」

「あなたがいなかったら、いったいどうなってたか。助けてくれて本当にありがとう、魔法使いさん」

治安の良い地域まで一緒に歩く間、おばあさんは何度も何度も感謝の気持ちを言葉にしてくれて。

私がいてよかったって言ってくれた。

(がんばってきてよかったな)

時々、こんな風に神様がご褒美をくれる瞬間があって。

こんなにうれしい瞬間は他にないから。

もっとがんばりたくなってやめられなくなっちゃうんだ。

大好きの魔法を信じてる。

もうどうしようもないくらい、私は魔法が好きなんだ。

◇　◇　◇

万全を期して臨んだデートは全然思っていたとおりにはいかなかった。

運悪く鉢合わせた二番隊、魔法不適切使用取締局の連中。

彼女が犯罪組織のアジトを見つけてからはもうデートどころではなくて。

『奢ってやる。お前らついてこい』

気がつくと巻き込まれている大人数での打ち上げ。

『いーの！　今日から私はお酒を嗜むかっこいい大人女子になるの！　店員さん、おかわり！』

上機嫌でお酒を飲みまくった彼女は、

『いちばん！　のえる・すぷりんぐふぃーるどうたいますっ！』

音程という概念が崩壊した不可思議な歌をこぶしをきかせて熱唱。

解散の時間には、酔い潰れて店の前の茂みに頭から突っ込んで眠っていた。

（どうしてこうなった……）

もはやデートの名残など欠片も残っていない。

着ているデイドレスも残念な持ち主に振り回されてなんだか疲れ切っているように見える。

「ほら、水もらって来たから」

酔い潰れた彼女を介抱しているうちに、少しずつ人の数も少なくなっていく。

「ノエルさんのこと、お願い」

レティシアの言葉に、ルークはうなずいた。

この中で彼女の家を知っているのはおそらく自分だけだし、他の男に送らせるなんて絶対にありえない。

学生時代からの友人という間柄から考えても、自分が送っていくのは自然なことのはずだ。

「ほら、帰るよ。寝るのは家に帰ってから」

「家？　家って何？」

「うん、末期だね。立てる？」

聞くと、彼女は子供のような口調で言った。

「立てない。おぶって」

心が揺れる。

そんな些細な言葉で、ぐらついてしまう自分の弱さを呪った。

「いいよ」

内心の動揺を押し殺して強がりを言葉にした。

腰を下ろして彼女を抱きかかえて背中におぶる。

「えへへ、ありがと」

「別に」

とろんとした声で言う彼女に意識していないふりをして答える。

歩きだすと彼女はすぐに眠ってしまった。

すぐ近くで聞こえる安らかな寝息。

静かな夜だった。

大通りに人の姿はなく、まるで世界に二人だけになったような、そんな気持ちになる。

その時間にはどこか現実感が欠けていた。

夜の空気。

いつもと違う場所。

いつもと違う距離の二人。

別の世界に迷い込んだかのような不思議な時間の中で、だけど背中に伝わる体温だけが妙にリアルに感じられた。

「……おかあさん？」

耳元で聞こえたつぶやきに、思わず笑ってしまった。

「そうだよ。君のお母さんだ」

「い、今のはなし」

気恥ずかしげな咳払いが微笑ましい。

「いつもありがとね。私、ほんとにほんとにルークに感謝してるの」

すぐ傍から聞こえるとろんとした声。

「そうなの？」

「うん。ルークが思ってるよりずっとずっと。でも、同時にちょっと悔しいんだ。ルークはいつも私の先に行ってて自分のことは自分で解決しちゃうから。私にも手伝わせてほしいって思うの。ルークが一人で持てない荷物があるなら、私も半分持つからさ」

彼女は言う。

「もっと私のことを頼るように。これは命令です」

言葉がうまく出てこなかった。

なんだか胸がいっぱいになってしまって。

背中に感じるあたたかな体温。

傍にいられる。

それだけでもうどうしようもなく自分は幸せで。
大切で。
愛しくて。
大好きで。
足りない。
こんな言葉じゃ全然足りないくらいに。
「ありがと」
絞り出した声。返ってきたのは寝息だった。
安らかな呼吸の音がこんなにも愛おしく思えるのはなぜなのか。
身分差。望まれない相手。許されない恋。
それでも、願わずにはいられないんだ。
どうか、少しでも長く彼女の隣にいられるこの日々が続きますように。

結局、赤い魔鉱石のネックレスは渡せなかった。
重すぎるんじゃないかとか、いろいろ考えてしまって。
ラッピングされた小包が並ぶ思い出の箱。
新しいひとつとしてそれはそこに眠っている。

# あとがき

小説家になりたいな、と夢見ていた頃、作家さんがどういう風にお仕事しているのか書いている本が好きでした。

すごいなぁ、かっこいいなぁって憧れて。

自分にもできないかなって真似したり、「これ無理だ……！」って頭を抱えたり。

そんな水色の季節の中で、ひとつ印象に残っている言葉があります。

「本の世界というのは不思議なもので、本当に自分が好きなことを書くと、必ずそれが好きだと応援してくれる人が現れる」

そんなことあるのかなって正直信じていませんでした。

それでも、自分が本当に好きなことを書き始めたのは、これが人生最後の小説だと覚悟して書こうという気持ちからです。

小説家の夢をあきらめないといけないときが近づいてきて、どうせ最後なら、というのが始まりだったのですね。

だけど、今になって思います。

あの人の言葉は本当だったんだなって。

自分の大好きを全力で詰め込んだこの作品は、「小説家になろう」の年間ランキングで二位になりました。友達曰く、一週間だけ一位だったみたいです。

こんなこと自分の人生に起きるんだってびっくりで。未だに現実感がないのですけど、でもすごくすごくうれしい。

「ブラまど」を推してくださっている皆様に心からの感謝を。葉月は何もしてません。すべて皆様のおかげなのです。

あの日、魔道具師ギルド時代のノエルのように、ボロボロだった葉月を見つけてくれて、拾ってくれて本当にありがとう。

大好きの魔法を信じてます。

ノエルみたいにかっこよくはなれないけど、本当に。

今読んでくださっている貴方にも届いてくれたらいいな、と心から思います。

どうかこの作品が、貴方の日常に少しでも彩りを添えられるものになっていますように。


ちょっと恥ずかしい文章になってしまったと頭を抱える初冬　葉月秋水

大人のエンタメ、ど真ん中！
SQEXノベル 毎月7日発売
SQEXノベル
万能「村づくり」チートでお手軽スローライフ ～村ですが何か？～
著者：九頭七尾　イラスト：イセ川ヤスタカ
私、能力は平均値でって言ったよね！
著者：FUNA　イラスト：亜方逸樹
勇者パーティーを追放された俺だが、俺から巣立ってくれたようで嬉しい。……なので大聖女、お前に追って来られては困るのだが？
著者：初枝れんげ　イラスト：柴乃櫂人
魔剣の弟子は無能で最強！ ～英雄流の修行で万能になれたので、最強を目指します～
著者：ふか田さめたろう　イラスト：植田亮
マイナススキル持ち四人が集まったら、なんかシナジー発揮して最強パーティーができた件
著者：小鈴危一　イラスト：しらび
悪役令嬢は溺愛ルートに入りました!?
著者：十夜　イラスト：宵マチ
人狼への転生、魔王の副官
著者：漂月　イラスト：手島nari
●片田舎のおっさん、剣聖になる ●この度、私、聖女を引退することになりました ●皇帝陛下のお世話係～女官暮らしが幸せすぎて後宮から出られません～
●家から逃げ出したい私が、うっかり憧れの大魔法使い様を買ってしまったら ●王国の最終兵器、劣等生として騎士学院へ
●ブラック魔道具師ギルドを追放された私、王宮魔術師として拾われる ～ホワイトな宮廷で、幸せな新生活を始めます！～ ●忘却聖女
●逃がした魚は大きかったが釣りあげた魚が大きすぎた件 ●理不尽な理由で追放された王宮魔道師の私ですが、隣国の王子様とご一緒しています!?
●最高難度迷宮で置き去りにされたSランク剣士、本当に迷いまくって誰も知らない最深部へ ～俺の勘だとたぶんこっちが出口だと思う～
●婚約破棄を狙って記憶喪失のフリをしたら、素っ気ない態度だった婚約者が「記憶を失う前の君は、俺にベタ惚れだった」という、とんでもない嘘をつき始めた 他

SQEX/ノベル

# ブラック魔道具師ギルドを追放された私、王宮魔術師として拾われる
## ～ホワイトな宮廷で、幸せな新生活を始めます！～　Ⅱ

著者
葉月秋水
イラストレーター
necömi



2021年12月7日　初版発行

発行人
松浦克義

発行所
株式会社スクウェア・エニックス
〒160－8430
東京都新宿区新宿6－27－30　新宿イーストサイドスクエア
（お問い合わせ）スクウェア・エニックス　サポートセンター
https://sqex.to/PUB

印刷所
図書印刷株式会社

担当編集
稲垣高広

装幀
村田慧太朗（VOLARE inc.）



ISBN978-4-7575-7622-3 C0093　　Printed in Japan